U0124988

章汝奭书作集

石建邦　编

上海书画出版社

章汝奭先生近影

弁 言

余自幼深好书翰，甚得父辈师长期许。然自丁母忧后，哀毁之甚，遂辍所好。尔后数十年唯思以所学报效国家，勉竭绵薄，冀有涓微之献。乃“文革”动乱起，浪迹梅山，遂掇拾夙好，以诗酒临池自遣。古人所谓达则兼济，穷则独善，自问尚能慎独，不污行止，当不悖先贤之教。及至临《兰亭》逾百通，渐有悟入，知书之为艺，欲臻博大精深，了非徒赖工力可致。故潜心探求，思虑取舍，其间几经周折，辍而又续，计其岁月已近四十年矣!

今余年已晋八，纵有笔耕不辍之心，然究已届暮年，难求寸进。友契石建邦先生谬赏余书，辑此专著。自忖区区所造，不足污人耳目，谨志数语，但以悃悃之诚就教于大方云。

岁在丙戌六月长洲适读生章汝奭于海上得几许清气之庐

弁言

余自幼深好書翰甚得父輩師長期許然自丁母憂後哀毁之甚遂輟所好爾後數十年惟思以所學報效國家勉竭綿薄冀有涓微之獻乃文革動亂趁浪跡梅山遂掇拾夙好以詩酒臨池自遣古人所謂達則兼濟窮則獨善自問尚能慎獨不污行止當不悖先賢之教及至臨蘭亭逾百遍漸有悟入於書之為藝欲臻博大精深了非徒賴工力可致故潛心探求思慮取捨其間幾經周折輟而又續計其歲月已近四十年矣今余年已晉八秩有筆耕不輟之心然究已屆暮年難求寸進左契石建邦先生謬賞余書輯此專著自忖區區所造不足污人耳目謹誌數語但以悃悃之誠就教於大方云

歲在丙戌長洲適讀生章汝奭於海上得幾許清氣之廬

我的老师章汝奭

白谦慎

我第一次见到章汝奭老师是在1976年的夏天。那时我在中国人民银行上海市静安区办事处工作。那年夏天，我参加了静安区区委财贸办公室办的一个学习班，学员们是分别来自静安区财贸系统各个公司的年轻人，大家在一起学习，气氛很融洽愉快。当时，学习班里有位饮食公司来的孙林全（现在是梅龙镇集团的总经理），他见到我喜欢写小字，说他认识一位章汝奭先生，字写得很好，特别是小楷写得很好。过了几天，他带来了章先生的小楷，我一看，写得果然非常好，很让我佩服。我就请孙林全带我去拜访章老师。他同意了。

当时，章老师还在南京的梅山铁矿下放，等他回上海后，孙林全就带我去拜访章老师。章老师那时住在卢湾区的太仓路。我还记得，我们是在傍晚时去拜访章老师的。当时章老师的住处比较挤，因房子靠马路，我们是在马路边上坐在小板凳上谈的。章老师很健谈，见解也高，那次拜访也观赏了一些章老师的作品，总之极有收获。那次会面为今后进一步向章老师请教打下了基础。

1978年秋我考上北京大学。1979年老师从梅山调回上海外贸学院任教。我每年的寒暑假回上海探亲时，就去向章汝奭老师请教。1980年夏天，我到苏州去拜访我在北大的同学华人德（现为苏州大学的博士生导师）。那时，章老师正在苏州疗养，我和华人德一起去看望章老师。章老师对华人德的印象很好，认为他是位难得的书法人才。我在北大还有一位一起探讨书法的朋友，叫曹宝麟，是王力教授的研究生，学问很好，字也写得好（现为暨南大学教授）。老师对我在北大时结识的这两位朋友，很是称赞。章老师平素择友很严，所交者中有沈子丞先生、陆俨少先生、苏渊雷先生等，在艺术和学术方面很有造诣。章老师在书法方面也有些朋友，但他基本不收学生。由于我常去请教，老师看我好学，所交的友人也多为好学之士，所以，虽然我从来没有行过拜师的仪式，但我知道老师已经把我作为他的学生了。

我到老师那去请教时，有时把我写的字拿给老师看，请他批评。但更多的是看老师写的字，听他评点古今书法。我至今以为，这种学习的方式是极重要的，因为在书法中，品味最为重要，如品味不高，技法再纯熟也无济于事。章老师的小楷写得极精彩，受他的影响，我也在小楷方面下过不少功夫。

1982年我在北大国际政治系毕业后，留校任教，虽然不在上海，但一直通过书信向老师请教。每年暑假回上海省亲，我都要去向老师请教。1986年我出国留学后，和老师也一直保持着联系。老师有新的文章和诗作，有时也会寄我，使我在异乡也能常常得到老师的教诲。我每次回国，自然也会去老师家，给老师和师母请安，并聆听他的教导。

老师在语言方面有很高的天分。他的英语非常好，有童子功，不但口语好，用词准确，发音准确，他在翻译方面也很有造诣，曾翻译许多和他业务相关的论著。老师是苏州人，能说苏州话，但自幼在北京长大，又说得一口京片子。我是天津出生的，六岁的时候，父亲的机关从天津搬到上海。在机关的宿舍里，通行的是普通话，我父母都不会说上海话，所以，我在家说的是普通话。但我在银行工作时，每天要和顾客打交道，也能说一口流利的上海话。我和老师对话常是三种话混合着讲。用哪种语言表达更方便就用哪种。我在美国已经生活了二十年。上课教书，写作英文的论文和书，看电视、听广播，天天用英语，但是在英语的发音用词方面都还不如老师。这不但说明了老师的才情之高，也说明了老师年轻时打下的学问的底子之扎实。

2002年夏天，我去看老师，送去了我和好友华人德合

作者和章汝奭先生合影　1980年代

编的《兰亭论集》。这本书是在华兄和我联合主持的《兰亭序》国际研讨会的论文的基础上，编的一本论文集（也包括一些《兰亭论辩》没有收的关于《兰亭序》的论文）。这本书后来获得了首届兰亭奖的编辑奖。老师看到这本书后很高兴，对我们在编辑那本书时的认真态度予以肯定。那天我们谈到当今人们的工作态度。章老师说，国人现在喜欢用"混"这个字。有人见了他，常问："你'混'得怎样？"（上海话是"侬混了哪能？"）讲到这里，章老师提高了嗓门，非常严肃地说："我章汝奭这辈子从来没有混过。"那年，章老师已七十五岁了，但还用功如故。撰文、翻译、讲学、做诗、研究书法。他多年患有心脏病，但依然抱病讲学，直至病倒送进医院。

我少年时很顽皮，贪玩，不如老师用功。不过，自我懂事之后，做事就比较认真了。即使在文化大革命当中，我在银行里上班，也每年被评为先进工作者。老师不但喜欢玩，而且很会玩。他唱京戏、打桥牌、斗蛐蛐，但每做一件事，都能做得很精。这是因为老师做事有钻研精神。这种玩，不是混。

老师是世家子，老师的父亲佩乙公（名讳保世）是民国时期的重要收藏家。2005年的8月中，杨崇和先生从上海来波士顿，我陪他在波士顿美术馆和两位私人收藏家处看画，9月1日，我又带着我的几位研究生到纽约去拜访安思远先生，看他的收藏。在短短两个星期内看到的数十件古代书画作品上，居然三次见到老师的父亲佩乙公的观款手迹，其中包括中国画史上赫赫有名的《北齐校书图》。此外，此前我在华盛顿州的一位收藏家的家中，也见到过佩乙公旧藏的古画。1990年，我离开了政治学界，到耶鲁大学攻读艺术史博士学位。从那以后，我去向章老师请教，我们的话题就不只是书法了，还包括古画。老师自幼就有很多机会见到古代书画名迹，加之有佩乙公的指点，所以在古书画的鉴定方面也很有见解。

老师的书法，以二王和颜真卿为根基，旁涉诸家，点画凝重，气息淳厚，格调清高。如果让我来概括老师的书法，我会用"清"和"大"这两个字来描述。"清"说的是老师的字有一种清雅之气，这是他的书法不同于世俗的作品。现在社会风气不好，书法中俗气、混浊的东西很多。老师喜欢写蝇头小字，但他的字却很大气，堂堂正正，不营营苟苟。这都是因为他的艺术以人品和学问为根基。现在很多年轻人不相信人品和学问对书艺的积极影响，其中有些人可能永远都领会不了这一层境界，而有些人随着阅历的增长，会慢慢地明白。而章老师的艺术成就确实是和他的人生阅历、他为人的品格息息相关的。

2006年春于波士顿

高韵深情 坚质浩气

——敬贺章汝奭先生八十寿诞

石建邦

章汝奭先生是我平生最敬仰的硕学前辈。

最早知道章先生的名字，还在我甫上高中的时候，那是1982年前后，我从《书法》杂志上获睹先生的蝇头小楷《离骚》，当时年少无知，知道非常好，但不知道究竟好在哪里 。

第一次见到章先生，则是十多年后的1994年夏天，那时我刚进入英国佳士得拍卖公司上海代表处工作。记得是由热心的卞祖怡先生介绍，在七、八月份大热天的一个傍晚，随首席代表朱仁明女士一起拜访章先生位于古北外贸学院小区的家中。

事前据人介绍章先生文章出众，更以狂狷出名，不禁令我心存好奇，此番拜访可谓充满期待。走进章先生朴素的客厅兼书房，首先映入眼帘的是挂在靠椅上方的行书诗作横幅:“清明无绪看桃花……”二王书风，跃然纸上，写得活泼潇洒，笔笔有来历，笔笔又都是自己的。还有就是挂在他书桌后面，陆俨少写赠章先生的梅花立帧，清气扑面。章先生非常和蔼，他学贯中西，是我国著名的外贸专家，广告学权威，对新中国外贸的某些领域有发凡起例的开创之功，享受国务院特殊津贴。他又于诗词古文、书法乃至鉴赏等多方面学问渊博，见解脱俗。而其早年家境优越，颇富收藏，父亲在北京有“半个项子京”之誉。那晚，章先生的谈兴甚浓，由家世、收藏而至文章、书法，乃至与高二适、陆俨少、沈子丞等人的交往等等，范围甚广。交谈的当中更拿出自己历年精心写就的各类书作，供我们观赏，里面有其擅长的蝇头小楷，如《金刚经》、《醉翁亭记》和《前后赤壁赋》，也有其随意挥洒、抒发胸怀的各类行书作品。而其与陆俨少、沈子丞合作的几个书画合璧手卷，则更让人心明眼亮，如入山阴道上，应接不暇。先生谈吐风雅，间杂幽默诙谐而往往宏论精辟，切中时弊，丝毫没有人们所说的耿介狂狷之态。说话之间，不觉几小时悄然而过，告别章先生夫妇出来已经是晚上九点多了。

那晚的收获可谓良多，我没有想到世间还有一位如此学大如海，颇有古君子之风的儒雅长者。就连长年侨居海外、见识广博，出生旧上海名门世家的朱小姐也对章先生的谈吐气质大为钦佩和惊喜，她没有料到解放这么多年了，还能见到如此纯粹、如此清高优雅的人士。在一起回去的路上，她说从章先生身上仿佛又见到了旧时的风范，令她感觉亲切。

不久，即收到章先生寄赠的行书诗作:“日与书为伴，谁知晚岁心。时萦梅素韵，最爱雪精神。俯仰轻千镒，情亲重一芹。闲来扶杖屦，或可作诗人。”书法文字有如清风拂面，是一位高人志士的人生道白，令我更生无限敬意。以后只要有时间，我总要去拜访章先生，聆听教诲，一晃不觉十多个寒暑又擦肩而过。

拜识章先生，不觉勾引起我对中国古老书法艺术的一些思考。

有人将中国的书法和希腊的雕塑再加上自然界日出景象并称为宇宙间三大奇观，是否允当姑且不论，但书法确乎是中华文明园地里一朵灿烂夺目的奇葩，是华夏民族智慧的高度概括。当前也有人大谈传统汉字（俗称繁体字）是一种软实力，建立在传统汉字基础之上的古汉语是一种“帝国语言”，它与近代以前以中原帝国为中心的东亚国家体系是一脉相承的。那么，我想非常顺理成章地，书法在当时就是中华文明的“帝国艺术”，在引领整个东亚文明的

章汝奭先生和陆俨少合影　1980 年代

过程中担当了极其重要的作用。

按照西方人对艺术的理解，诗歌、文学和音乐等艺术在传播或呈现上因富有时间的特性，而归入时间艺术；而绘画、雕塑等造型艺术因有其空间呈示的特点，则被归入空间艺术。但这种过于概念知性的分类方式，如果运用于对书法特性的考察，则我们不难发现，它兼摄时间与空间的双重特性，一方面有着诗歌文学的内容，音乐旋律的节奏，另一方面它又具有绘画两度空间的空间伸展，而黑字白纸、抽象线条及中锋行笔的三重要素又使它在视觉效果上跳脱平面的羁绊和束缚，创造出虚拟的三度空间效果，凌驾于时间艺术和空间艺术两者之上。书法与音乐，书法创作的过程类似古典音乐的演奏过程。“当观看书法家挥毫作书之时，观者对几秒钟之前所看到的情景以及书法家此刻的所作所为皆了然于心。如果观者知道所书写的文本（假定那是一首著名的诗）那么他还能清楚地预感到书法家在此后的几秒钟将有何作为……。与此相似，当钢琴家演奏一首十分著名的曲子时，有教养的听众不会关注他演奏的曲目（他们早已熟知），而是注意他演奏得如何。书法家写下片纸只字，钢琴家奏出的几小节旋律，两者都可以在片刻间体现出其一生的经验。不同之处在于，书法家的表演留下了永久的踪迹，可以驻存而得以观赏。”（雷德侯《万物》）

书画同源，从历史的角度考量，文字是书法的母体，文字的演变又是书法产生和发展的前提。中国象形文字的本质特征，是对客观具象世界的概括和提炼，其中隐含着绘画视象的基本要素，造就汉字天生的造型能力。而从美学的意义上观察，书法是一种更高级别的绘画形式，比诸抽象绘画更为成熟，更富有哲学意味，是一种“道”的体现。连精通中西绘画的吴大羽先生也认为，书法在艺术上的追求虽甚隐晦，似无关切于眼前物象，但确是发挥形象美的基地，属于精练的高贵艺术，“更因为寄生于符记的势象美，比水性还难于捕捉，常使身跟其后的造像艺术绘画疲惫于追逐的”。

“诗中有画”，书法与中国古典诗文的关系，人们以往似乎只强调古文修养对书法创作的滋养作用，而忽略了两者在美学意义上所隐含的视觉对应。其实，中国诗的意象性图式呈现，不同于西方的时间性，“中文（尤其古文）里的动词是没有时态变化的，因而就不会把诗中的经验限指在特定的时间里，即在中国人的美感向度里，时间的意义是不同的。中国古典诗中语法的灵活性（不确切定位、关系疑决性、词性模棱和多元功能）是要让读者重获相似于山水画里的自由浮动的空间，去观物感物和解读，让他们在物象与物象之间作若即若离的指义活动”（叶维廉语）。书法正好加深并强化了这一指义活动，与追求“诗中有画”的古典诗词相得益彰，达到类似电影“蒙太奇”镜头的视觉效果，甚至更加含蓄而纯粹。而作者由内而外的文学气质对书作的高下有着决定性的影响，王羲之《兰亭序》、颜真卿《祭侄文稿》、苏轼《寒食诗》、米芾《蜀素帖》等传世名迹，其实都是在不期而然的情况下，文字与书法兼美，相互映照，给人以无穷的兴会和美感。

最后，也许更为重要的是，书法是人性的化身，人格尊严的自觉投射，写字写志，人正笔正，传统文化对书法赋予了极高的道德位置。当年颜真卿拜张旭为师学书时，后者就义正词严地告诫：不是志士高人，是不配来谈论书法的！

综上所述，每个汉字都是一个传统文化的密码，包含独立的生命。一件书作就像一个攻坚部队的阵营，或者说是一个通了电的集成电路，个体和整体相互依存，是多样的统一。个体固然需要精金百练，素质过硬，整体则既要步调一致，又要总体展现个体的活泼生动。恰如卫夫人的“笔阵”之说，我感觉楷书是立队检阅的方阵，行书是行军拉练的队列，草书则是冲锋厮杀的战场。

章先生的书作其实很难用当下的时风加以品评，中和之美已经达到不可言说的境地。其书作厚重绵密，姿态多方，心思微，魄力大，是学问人格的自然投射，许多作品即使与古人名贤相比，也是不遑多让，在在呈示着活泼泼的生命价值，充溢了蕴藉浑穆的古典精神。

蝇头小楷是章先生书作的一绝，极端地说他于蝇头书的成就已经超迈前贤，臻乎极致。细观各个时期先生的蝇头小楷，出新意于法度之中，我们不但可以找到多种面目，有《石门颂》风格的，有学欧的，有学颜的，有褚遂良意味的等等。而更重要的是他于苦心孤诣中灌注了密密蝇头的无限生气和神韵，每个细微小字仿佛都有灵魂一般，达到令人叹为观止的高妙境界。看了章先生的蝇头书，细细品味字字蕴藏的精、气、神，再端详全篇整体的气息，会觉得即使明代文徵明的小楷也显得有点单薄乏味、气局狭小，这就了不起。

而他的蝇头《金刚经》则更了不起，他将《金刚经》全文五千多字，密如蚁点般写在一帧两尺左右的直幅上，每字不到两毫米见方，芥子般大小，每行字数达两百多而且全凭目测写就。实在说来，这些尺寸上的条件也许有人努努力也能够做到，那些微书家们甚至可以写得更小，可以肉眼几乎不辨。但难能可贵的是，章先生在《金刚经》里的每个字仿佛都赋予了生命一般，个头虽小，但个个精神饱满，有血有肉，全篇作品简直构成了一个威仪无比的“金刚军团”，咫尺而有千里之势，与秦兵马俑一号坑六千余兵马的仪仗阵容相比毫不逊色。佛家说：一沙一世界，章先生在每篇《金刚经》里究竟倾注了多大的愿力和虔诚，构成如此恢弘庄严的一个心灵教场，这是常人不敢想象的。

不能不提的是章先生在书画题识上的独到匠心，他认为：“上好的题跋本身也具有独立的艺术价值，因此题跋往往与所题的书画件融为一体，相得益彰。”题跋不同于书法创作，与所题对象是一种主次关系、协调关系，有时又带有唱和关系。章先生于书画题识，从书画鉴别、文辞撰写乃至书法风格等均精心推敲，务求达到启发观者、帮助鉴赏、锦上添花的效果。难怪不少藏家以能得先生题识一二而深以为宝。

他的行书也是太好了，面目多样但同样是自然生发，寄妙理于豪放之外，最能见出先生的烂漫才情。早期行书多取法二王，飘逸潇洒，韵高千古，如自作诗《清明无绪》、《苏轼题烟江叠嶂图》横幅以及对联等等。近年则更加苍润厚重，雄秀雅健，我最喜欢其《李白行路难》横幅，有发强刚毅，力屈万夫之势，真是过瘾。而《曹操观沧海》巨幅手卷、《待漏院记》大横幅则充分显示其大字行书的驾驭能力和整体气势，磅礴雄奇，睥睨时俗。

清代刘熙载有言：“高韵深情，坚质浩气，缺一不可为书。”细读章先生的书作，于此两端足可当之，而且两者恰恰也是先生书风中所透露的精神气节之极妙写照。

书艺一道于章先生之渊博学问实乃冰山一角，他的品位之高，见地之精，当今世上简直罕有匹敌。每次拜访先生，畅聆教诲，领略传统文化的博大精深，每每自愧学浅，心中惴惴，如坐针毡，如有芒刺在背。有时我与章晖小姐同往拜谒先生，她对章先生的诗词造诣更是崇仰无比，几乎入迷。章先生望之俨然，其实心地纯正。对待我辈后生，他非常热情宽厚，丝毫没有架子，每有心得感慨，或者新作，无论诗文书法，常常都是他主动打电话给我们，与他一起分享那种喜悦。其实章先生一生坎坷蹭蹬，但我们很少听到他的怨怼之言。他过得非常充实，每日间读书、做诗、写字，乐在其中。

然而，章先生分明又是风骨凛然，爱国忧民，而且往往一肚子不合时宜的。一如乃师高二适先生，他有自己坚贞的价值取向，所推崇的是欧阳修的“贬斥势利，尊崇气节，遂一匡五代之浇漓，返之淳正”。这种高尚的志节，独立的思想，对侮食自矜、曲学阿世自然是深恶痛绝。章先

陆俨少致章汝奭先生书札 信内盛赞章书蝇头小楷《金刚经》 1980年代

生身上的精神格操，常常让我想起熊十力和马一浮的故事。

熊十力和马一浮是现代屈指可数的两位国学大师。解放初，熊十力应召北上，老友马一浮心存疑虑，担心他一到北京就会接受思想改造，尽其所学了，遂致函熊十力，表明自己是“确乎其不可拔”。“确乎其不可拔”一语出自《周易·乾·文言》，原意是说具有龙德那样能上能下的君子，应不求成名于世，不为世俗的见解改变自己的主张，甘心退隐而无所烦闷，对别人种种非难和态度也不理会，操守坚定决不动摇。马一浮的话是表明自己宁可不见于世，也决不放弃自己的学术信仰和道德操守。熊十力回函马一浮，明确表示我也是“确乎其不可拔”！因此在北京，以熊十力在中国哲学界的名望，新成立的中国哲学会自然要拉他当委员。熊十力即对他们明言：我是不能去开会的，我也是不能改造的，改造了就不是我了！可惜的是，像熊十力、马一浮这样的表里如一，勇于坚持自己信仰的忠贞之士在当代中国并不多见。章先生痛恨世俗肤浅，名流无耻，身上时时表露的就是那种“确乎其不可拔”的精神气质，这也许就是一般人所理解的狂狷所在。

今年春节，我去云南丽江度岁。游览丽江古城，欣赏纳西古乐，登临玉龙雪山，历史与自然交融，感触良多。记得初一下午游完雪山回来，无意间瞥见宾馆外墙山头上毛笔书写的一首唐诗：“松下问童子，言师采药去。只在此山中，云深不知处。”贾岛的《寻隐者不遇》妇孺皆知，黄口牙儿均能记诵。但这次我却心头大动，似乎顿悟此诗的言外之意，在其浅显白描的意思下实质包裹了作者隐晦的见道之言。诗中的人物充满隐喻，“师”是道（真理）的化身，童子是求道的路径、中介或凭借，来访者就是问道者。诗里实际隐含了关乎求学问道的微言大义。真理和学问存在于云遮雾绕、世事万象的深山之中，路径和中介可能会为你指点迷津，但往往不能真正帮上忙，关键是自身的努力。诗中的情形，引我浮想联翩，作为访者，他面临三种选择，一种是寻访隐者不遇，颓然折返；一种是和童子一起，坐地等待隐者——师的归来；最后一种则是，勇往直前，投身山中，亲自进去寻访隐者。这三重选择实际就是三种人生境界，有的蜻蜓点水，浅尝辄止，是游客的心态；有的寂寞难耐，半途而废，是急功近利者的写照；只有极少数人能够坚韧不拔，不畏寒苦，深入宝山，终得圆满……

感悟此诗，不禁想到多年来章先生对我的无形教益。我想，以我区区愚钝，在章先生面前，若有机会做一个童子追随左右，也就无限满足了。

2006年7月于语石庐

我的父亲、我的童少年、我与书法艺术

章汝奭

我生于1927年即民国十六年丁卯。我父亲章保世字佩乙，后以字行，别号适生，生于1886年清光绪十二年丙戌。1898年戊戌应童子试，荣膺苏州府长洲县案首（第一名秀才），年仅十三岁。其后以丁母忧，不能应试，不久科举废。后毕业于江苏省立法政学堂。我父亲在二十岁之前即以文名享誉大江南北，有江南才子之称。其实我祖上是历代行医的。我曾祖虽然在广东曾任观察使，咸丰年间告老在苏州安家。我祖父眉庭公曾任清廷太医，后回到苏州行医，是苏州四大名医之一。我父亲在少年时即随同祖父出诊，由祖父口述，我父亲写处方，所以我父亲也是精于医学的。晚年在苏州以义医周济乡里甚有美誉，并有文章纠正太炎先生所著《猝病新论》中的一些错误论点，这是因为医学关系人民的生命和健康，所以不得不以负责的态度提出自己的看法。这里还要提到一件事：我祖父留下的唯一遗物即一万张医药处方，这是他一生的心血结晶，亲笔书写成一百册，每册一百个方子都有墨案，这一百册书后由我父亲定制一个楠木盒子，装在里面。盒子外面由我父亲写“万方总汇长洲自在乡馆”十个字镌刻在侧面盖子上，并以绿粉填充，格外醒目。1964年我父应中央邀请到北京开特邀政协代表会议，因为是章士钊推荐的，所以事先也约好住在章士钊家，我父亲就特为带上这套书请章士钊设法出版，这是因为我父亲一贯认为这种医药成果应该公诸于世以为人民造福，谁知这一箱子《万方总汇》交给章士钊后，旋章物故。不久“文革”动乱，从此竟无下落。使人不禁嗟然!

我父二十岁前后在上海任《申报》及《时事新报》主笔，与陈英士友善，在清末和陈英士、王一亭等人组织中国国民总会并当选为评议员（后该会与同盟会合并）。记得我父亲曾说过他的辫发就是陈英士给他剪的。

在段祺瑞任内阁总理时，他任财次兼泉币司长，李思浩是财政总长，他和李是结拜兄弟。在民国六、七年，张勋在北京要复辟，传言要杀李思浩和徐树铮（时任陆军次长）。徐也是我父的好友，我父向张说情，甚至给张下跪，张说：李思浩是你盟兄，看你面子，算了，但徐不行。我父回到家后（徐当时藏身在我家），就给徐化了装，自己陪他坐自己的汽车，护送他到天津（当时北京小汽车没有几辆，而我父亲有一辆，并有特别通行证，我父亲对西方的有些东西是最早的接受者，如汽车、立顿红茶、小吕宋雪茄HAMBRA　MANILA等等，而且对吃西菜也十分内行）。当将徐送到天津地处租界的六国饭店时，徐送我父亲五十万大洋银行本票说：“老弟，谢谢你的救命之恩，送给你少打两把麻将吧！”李思浩当然也为此非常感激我父，曾有一首诗赠我父，其最后两句是：“梁汾风仪君能及，凄绝秋茄旧梦痕！”

这一大笔钱，使我父亲发了财，但他从不置房地产，而是大量收进书画文玩。并特为从琉璃厂物色了一位鉴定专家名刘森玉来家总管书画文物，一直跟随着他，甚至随他南来北往，只是在我父六十岁（1946）以后迁回故里苏州时才离去，在这一段相当长的时间里，就我的记忆中在北京收进的名迹有：

一、北宋王晋卿《烟江叠嶂图》，苏东坡题长歌（现藏上海博物馆）。这是我父亲一生收藏中最最刻骨铭心的宝物，是在我出生之前罗进的，我少小时曾几次观赏过，我仍记得最后的题跋是康熙时人的，其中有“予以杞菊山庄易得此卷”等语。此件见《清河书画舫》及周公谨《云烟过眼录》等著录，乃开门见山之物，1959年拿到上海拟出售时竟有某权威硬说是赝品，最后竟以低价买去，命运捉弄人，到处会碰到魑魅魍魉，可叹可叹。

二、北宋石曼卿大字《筹笔驿》长卷。

三、元张渥《临李龙眠九歌》图卷。

四、米友仁《灵山得意》图卷。

章父章保世（佩乙）先生自书扇面　1954年

五、郭熙《秋山行旅》立帧。

六、南宋夏圭《蜀江晚泊图》长卷（宋缂丝包首，玉插签，外乾隆锦包，紫檀盒装）。

七、宋李纲《草书》卷。

八、元钱舜举《猫》卷。

九、元倪瓒《晴岚暖翠》立帧，浅绛，至精。

十、元方方壶《高高亭土》立帧。

我十岁生日时，父亲送我赵孟頫《奉敕书玉台新咏序》小楷手卷，我以为平生所见松雪书此为最佳。还有给我印象很深的是1937年抗日战争爆发前不久买进的黄道周、倪元璐《书画合璧》卷，黄道周草书在前，倪元璐仿小米雨景山水在后。差不多与此同时，还买进王石谷《赤壁图卷》，后有董邦达小楷《前后赤壁赋》。

1943年我去四川读书前在上海小住期间，我父亲买到唐寅为华补庵所作《溪山秀远图》卷，长约一丈六尺，其画之精，题字之秀美实为平生仅见。后有华补庵题，其字大类钟繇，起首句为："六如居士为予作是卷往返半年始就。"还有唐寅《十美图》册页，设色十分艳丽，对开祝枝山诗体，明代原装裱，也是精美绝伦之物。还有一本宋王晋卿的大册页（八开），其中两开下角残缺，后由刘定之装裱，不但把残缺补好，且所用绢素与原本相同，完全看不出补缀之痕，不仅如此，补好的画其皴法笔墨也和原画一样，真是神乎其技。

也在这前后，父亲还买到一些稀世珍品：一为明嘉靖御窑粉定印色盒一套十二只（都是青花，但款式有差别）。另一件是宋刻象牙如来佛像。这是一整块象牙雕的，重七斤半，人为造型开相，手、衣饰雕刻得如此精美，几十年来，我没有见过能与此相比者。在佛像的下脚有小楷书"萧服制"三个字。我父亲查到萧服是北宋寺丞，所以这尊佛像当属皇宫的供奉之物，由于时间久远，通体呈紫绛红色，然无一裂痕，完整无丝毫损伤，而在佛龛底座仍在凹处可以看到微小金块，因此当初可能是通体包金的。

我在北京读初高中时，我曾听父亲说起过，他曾一度非常醉心于对联的收藏。在民国十三年前后，他在北京有对联大王的称号，曾收得明朝对联二百副之多，甚至有严嵩、严世藩的对联，清代甚至有年羹尧的。我记得在北京住北总布胡同时，客厅中悬挂着明代杜琼的对联，文为"致仕杜门是谓相国，散金娱志渊哉若人"。我那时约十一二岁，就知道父亲已经立意不再做官了。其实，我还看到史可法的狂草对联有五六副之多，其中一副五言联文为"树影中流见，钟声两岸闻"，其中上联的中字及下联的闻字，最后一笔都拉得很长，既有参差又有对应，相映成趣。我父亲为勉励我读书，在我书房中选挂一副宋荦的行书对联，极为秀润精美，文为"静以寻孔颜乐处。复其见天地心乎"。我曾向我父亲说："这联对仗似不甚工"父亲说："你知道吗？只有静下心来，才能寻得孔颜的乐处，只有寻得孔颜之乐，才能领略天地之心。”一般对联都是绢裱成轴，而这副对联却是裱成镜片外配一对紫檀镜框，就挂在我书桌背面的墙上。父亲对我的勉励和期望由此可见。

现在想来，我八岁到十二岁这四五年的岁月对我一生影响是很大的。一方面，我就读的育英是北京最出名的学府，英文进度与日加速，一方面家馆已由王君珮老先生授完《四书》、《孝经》、并选读《诗经》、《礼记》、《左传》，进而选读楚辞、汉赋及两汉唐宋文，而我的几位长兄都是纨绔习气在身不思进取，以是父亲对我的期望格外殷切。

说起我的书房，可称得上极为高雅华贵。这房子是老式花园洋房，我的书房是二楼朝南当中最大的一间，有五十多平方米，两端楼梯上来，一个大长走廊，整个一排朝南窗，书房是两扇落地玻璃窗门，书房内东面北面各放两把红木官帽椅，北面靠东墙上挂的是桂未谷的隶书直幅，红木镜框，文为“坐上有花兼有酒，客来能画亦能诗”。北面有两个窗，前面放一个高长紫檀大条案，靠东放一块乾隆官窑的磁屏绿釉墨彩隶书金人铭紫檀架，开头几句我还记得:“古之慎言人也，戒之哉，毋多言，多言多败，无多事，多事多患，安乐必戒……”靠西则放着明嘉靖官窑青花釉里红梅瓶，靠西墙则有四个双门大书橱。最里面的是宋版及稀有的元版，第二橱是手写本，有顾炎武的诗词手稿《一角编》，因为是孤本，所以特别珍贵，还有柳如是手书的诗词手稿，也是绝无仅有的，总之都是善本。即使是《六如居士集》也是明代版本。四橱书中价值最低的是改玉壶的红楼仕女水印木刻及万印楼的手打印谱。我最常翻阅的是一部《双白燕堂诗集》，一函两册都是集唐人句的诗，读来竟如原唱，不禁叹服其工。

我曾对个别知交说过，我那时的写字台比探春的还要豪华:紫檀中嵌花梨木，桌下有紫檀镂花透雕踏脚。桌上的陈设更是够人观赏的:一个万历五彩的大笔筒，一方大端砚，规规整整足有两寸厚，紫檀天地盖，底是周敦颐题，两侧是程颐、程灏题，另一方小圆砚是清代连漆盒砚，径五寸，是清初的罗端，其色彩的艳丽实属罕见，乾隆胭脂水印盒，最珍贵的是乾隆御制的黄玉笔架，晶莹剔透有如蜜蜡，底面刻有乾隆御笔题字，一个小墨床也是乾隆粉彩的，此外还有几块明代竹刻搁臂，记得是周天球、莫云卿、王穉登、邢侗的书迹所刻，都是紫檀红色，光洁可爱，可是当时是完全不当回事的。我父亲的书房则在底楼走廊的东头，东南西三面都是大玻璃窗，他的写字台上的陈设倒没有我的讲究，只是两方素端砚，一个康熙青花大笔筒，康熙豇豆红印色盒，笔架、墨床都很一般且没有搁臂。

在这几年中，几乎每个星期天上午总有琉璃厂一些文物店掌柜到家里送来书画、瓷器、文物等求售。就我记忆中买的最多的是玉池山房、博古斋等。这时父亲总把我叫去，让我读出书画作品上的文字，如读的句读不对，父亲就给予纠正，如读错或读错别字，父亲往往用吴语说:“读白字阿难为情？！”以后碰到不识的字就直接说“弗识”，于是一句中往往有几个“弗识”，父亲说这就叫“知之为知，不知为不知”。

另外父亲还有个口头禅，即“弗作兴”，意即“不可以”或“不应该”的意思，如“看”字的草书写作“[illegible]”，他说:“弗作兴这样写。”哪里来的“乎”和“月”？“看”是会意字，手在目上曰看，读书人不习六书怎么可以？我记得我曾说文徵明、董其昌都这样写，他说:“他们都不对。”又如“戌亥”的“戌”字和“戍”边的“戍”字不可以不加以区别，“戌”内中是一横，“戍”则是一点，不可相混，又如“已”、“己”、“巳”也得十分注意，又如“吉祥”的“吉”字，一定要上面一横长，士口为吉，否则就是错字。又如我看到某人写放翁诗句对联“山重水复疑无路，柳暗花明又一村”，这里的“複”是“衣补”，而不是“復”，行草书写成“復”显然是错了。復和複不是通假字。又如某名家写副对联“海酿千锺酒，山栽万仞葱”，把“千”字写成“干”字，把“锺”字写成“鐘”。一副对联十个字写错了两个字，岂非大笑话。此外写行草书如墨渗化太过以至笔画交代不清楚，也是不可以的。凡此种种都是禁忌，如有干犯，父亲就说是“野狐禅”。

也就在抗日战争爆发之前，家里又来一位书画鉴定师，也是从琉璃厂物色来的，此人名丁交原（号笠圆），仅三十多岁，说话口音像山西人，可称得上是个怪杰，不仅书画皆能，而且都达到超凡脱俗的地步。其书得钟繇之神，其画学元明诸家，仿谁像谁，山水、花卉、兰竹、人物莫不精能，而且文采又好，不知何以潦倒至此？我父亲待他为上宾，单给他一间房，既是住房又是画室，还特为找裁缝来为他做衣服，但此人身体极差，不知患什么病，七七事变后不久突然失踪，遍寻无着，后遂不知所终。

我父亲非但喜欢文物收藏，且豪爽好客，他是有名的美食家，经常留客用饭，甚至大宴宾客，记得所用餐具是嘉庆、道光官窑的，每套各数百件。不仅如此，汪大燮（曾任国务总理）故世后，他胞弟汪大经孤苦无依，我父亲接他来家住了近十年，十分敬重，一直到他病故。记得在我十岁那年，有次宴请张学良，客厅中挂着明代“画中九友”的九幅山水立帧。张学良激赏之余，指着一幅李流芳山水说:我第一次看到如此之精的李长蘅。我父亲说:你喜欢

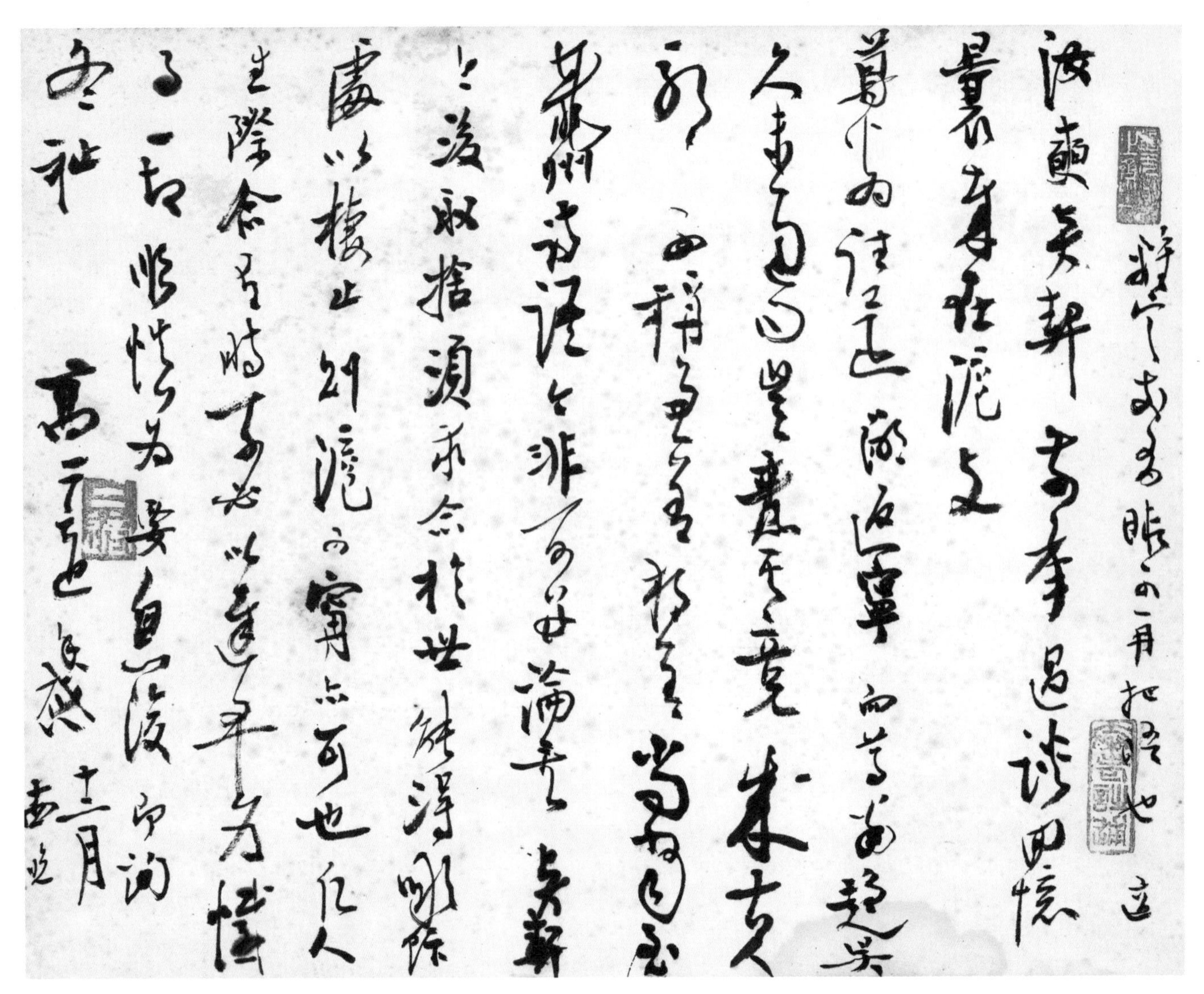

高二适致章汝奭先生书札　1974 年

汝奭贤契：前承过谈，回忆曩岁在沪与尊翁请往还，鄙返宁而尊翁趋吴，久未通问，岂意其竟成古人耶。函称兼善、独善当属至龙州诗语，今非可并论矣。贤契今后取舍须求念于世，能得啖饭处以栖止，则沪可宁亦可也。凡人生际会有时，不必以迟早为憾事，一切顺慎为要。匆复。即询冬祉，高二适手启。十二月十四晚。离宁前有暇可再把晤也，适。

就送给你。张立即推却说："佩老积多年心血的收藏，我怎么可以拿走一张破了整体。"我父亲说："我还可以想法再去买嘛。"于是就叫刘森玉"包好给少帅带走"。其实，我父亲送人书画是常有的事，他朋友又多，往往人家过生日，他就让仆人拿着他的亲笔信送幅所藏字画过去作为礼物。

我父亲从 1935 年开滦煤矿督办卸任之后即靠变卖所存书画文物度日。1940 年，我父亲在上海汉弥登大楼（福州路江西路口）租了一套写字间，开办利华贸易公司，不到一年被合伙人秦彭年将公司资金抽逃一空，而使公司陷入负债，变卖收藏又遭买主杀价，这使我父亲顿时陷入窘境。1942 年秋冬，日本人知道我父亲藏有夏圭《蜀江晚泊图》，挽人说项，我父后来避而不见来访者，并表示宁死也不卖给日本人（在沦陷期间，原来与我父交往颇熟的一些人如王克敏、王揖唐，梁鸿志、陈公博、黄秋岳等人都先后当了汉奸，我父毅然与他们断了往来）。

1943 年初，我从上海将去四川就读之前，斯大林格勒大会战，德军溃败。父亲当时就对我说：德国从此将一蹶不振，而且英美将很快开辟第二战场，德国将背腹受敌，最多不到一年半德国必投降。以后战事的发展竟完全如他所预料，这不能不使我十分佩服。

我1946年1月从四川回到上海，我父亲看到我写的五言长律中有“叠嶂隐石径，曲水送萍踪”句，说：“你倒有些诗才，可是你小小年纪还是以多读书为好，只有把书读通，才能具有经天纬地之才，‘形而上者谓之道，形而下者谓之器’，而且为文若不经世必涉浮华，尤以诗词为甚，你应引以为戒。”后来陆续给我讲了些做诗的道理，如白居易的“根情、苗言、华声、实义”，如诗“有如大千世界寓于一粟之中”，而“词则一点引伸开去”以及“诗之意阔，词之言长”等等。诗与诗题的关系有时是先得句后命题，“过于着题则如死蚕，过不着题则如野马”，还论及诗的阴阳开阖，“要拉得开收得拢”以及“寓情于景”，“寓警策于平淡之中”，“诗要有音外之音弦外之响”等等，还为我举了大量的例证，使我有所领会。然而他更多讲的是做人的道理，如“放之则弥六合，卷之则退藏于密”，“达则兼济天下，穷则独善其身”，“君子贵能慎独”等。据我所知，我父亲六十岁（1946年9月）回到苏州一直到“文革”前（1946年至1966年）二十年间做诗达八千余首，成为放翁后第一人，而在“文革”时付之一炬，为之不禁慨然叹息!

我十三岁时即应人书扇，十四岁时我曾为我父亲的好友张仕鋆(字仲青)写过一把扇子，这位老世伯答我一书画扇面。他书学米很有功力，画学元四家，在字的一面有我的上款是这样写的：“汝爽世兄得承家学为予所书箑页已见规模，若得名迹精进，行将追踪晋唐，勉之勉之。”

从我十七岁到内地读书，后来到上海读税专毕业后到海关工作，从此一直忙于工作，除了每年夏天应人之请写一两页扇面之外，就很少写字，如今可以找到我早年的毛笔字只有我三十五岁时（1960年）在一本葛传槼的《英语惯用法词典》内写的两行放翁诗了。

只是到“文革”动乱时，我在梅山劳动，老伴又在上海养病，我于劳动之暇遂以诗酒临池自遣。可是，我已经四十几岁了，而就在那时已经有人说我字写得好，我自己则一直觉得“远未逮”，古人所谓礼、乐、射、御、书、数为六艺，则充其量仅博其一，何况还是“远未逮”！然而这却促使我较前更认真地思考这一问题。

书法作为一种艺术，它本身要求赋予它以丰富的内涵。《兰亭》所以流传千古是由于王羲之的超逸绝伦的书法艺术依托在感叹世事无常，极富哲理的一篇文章里；颜真卿的《祭侄稿》则是以颜书的磅礴正气反映其悲愤与怒斥凶顽；东坡的《黄州寒食诗》，其诗不仅描述其经历之悲苦，并转而成为凄厉的嗟叹，但这篇书作则是前小后大，前面谨饬渐而转为洒脱豪放，弥足玩味。一篇杰出的书作，竟孕育着如此丰富的艺术语言，这当然和一个人如何对待自己的遭际乃至其禀赋、文化积淀、学养都息息相关，密不可分。好的书作，自然有丰富的内涵，即所谓耐看。然而自古迄今，尽管毁誉基本公平，但不公的舆论所在都有，这与论者本身的品格、学养也都有关联。有的人身居高位，他的片言只语都足以左右舆论，这也是没有办法的事，现有的实证就是：包世臣临写了一辈子《书谱》，其成效实在不佳。然而，其论书专著《艺舟双楫》成为人们引经据典的准绳；康有为写了一辈子《石门铭》，实在可说走火入魔，不足为训。然而，由于位高名重又有一本《广艺舟双楫》的专著，也足以左右品评。想到这里就觉得持论应特别慎重。

古人说“字无百日功”，这就是说练一百天字还看不出有什么进步，只有无间寒暑持之以恒才行，这话当然不错，但我以为字也不是一直写下去就能写得好的。这就是孔夫子说的：“学而不思则罔，思而不学则殆。”写写停停，思考一下得失，总要找出自己的毛病，经常否定自己才能有进步，当自己自满自足的时候也就是停滞不前的时候。这就需要多看古人的佳作妙迹。这真可说是浩如烟海，但也不是都好，这就要靠自己的辨别取舍，不仅如此，有时还有触类旁通的情况，如古人所谓担夫争路，如观公孙大娘舞剑器等等。

再有就是尽管不妨学宗一家，但须转益多师，取精用宏。我在十岁以前最喜赵孟頫，一本旧拓的《寿春堂记》几乎翻破，后来听父亲说，“一旦染上习气，终身难以摆脱”，就改临李北海，后来又临虞世南《庙堂碑》，至于颜真卿的《告身》则是到梅山以后写了几百通《兰亭》之后才临的。

我之所以不赞成专学一家，是因为看到这样做的结果往往不理想。比如明代吴宽学苏、沈周学黄都很像，但总使人觉得不过如此。而能冲破古人藩篱的如倪元璐、黄道周、傅青主、王觉斯等人就使人觉得他们各自有自己的高格调。放翁有句云“诗到无人爱处工”，我以为不妨套用一下“书到无人爱处工”，我以为晚明诸贤确实让人刮目相看，而他们自己似乎并不求取媚于人。至于在有明一代享大名的文徵明，他的字固然称得上流利秀美，但最明显的缺点是“薄”，且有习气，甚至他甚以自矜的小楷来说，固然劲健整饬，然仍未脱前人窠臼，即尖而细，在格调上远不如王宠的幽深静雅，也不如祝允明的质朴峻刻，甚至他的行书也不如他的儿子文彭。他之所以享大名是由于：一，他的书风能取悦于多数人；二，他长寿活到九十岁，留传的墨迹多，门生又多，舆论的影响大。这是别人都不具备的条件。

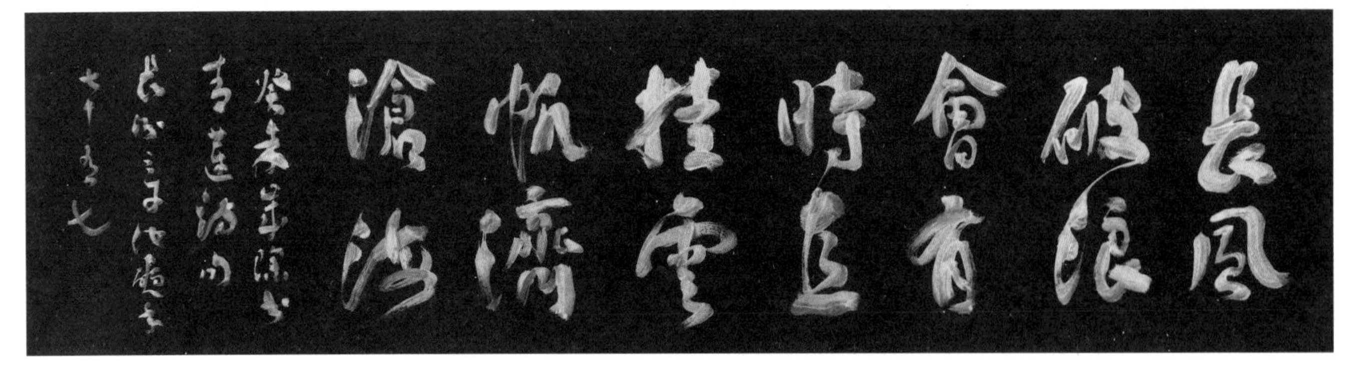

章汝奭书　唐李白诗句　金字磁青纸本 2004年

我之所以拉拉杂杂写了这么多，是因为有生以来所受的文化熏陶，个人的文化积淀、学养、机遇、乃至命运造成他的黜陟起伏对于他的性格的形成、爱好的取舍、艺术上的追求以及为之所付出的努力都有很大的关系。

我尽管童年少年时、家境优越，但母训期严，从不许有贵介习，所以一直到我十六岁母亲去世，我一直是穿蓝布长衫的（我过去有句诗：愿著青袍老此生），而且平时也没有零用钱，只有过年时有点压岁钱，也都用在逛厂甸买点文具以及平时集邮之用，甚至在我母亲临终前我还不得不跑当铺。以后的世情冷暖遭遇的坎坷蹭蹬都使我对人生有所感悟，能澹泊地对待得失。过去家里的文物希珍，只是过眼云烟而已。我老伴陈文渊的遭遇和我也差不多。她家和我家是截然不同的两种风格，我岳父曾经是开滦煤矿的财务主任，工资极高，以至生活的优裕非常人可比，我岳父既会骑马打猎又会游泳跳舞并且喜欢旅游。在北京时，后花园年年搞个溜冰场，他家的汽车当时是北京最豪华的。那时我和她哥哥是小学同学，我常到她家去玩。我知道她是她父母最钟爱的。”七七事变“之后，她举家迁至上海，可是在她十岁那年（1940），她父亲竟暴病去世，她父亲经营的生意遭到多方赖账，于是家道中落。她从此饱尝世态炎凉之苦。她十九岁和我结缡，五十七年来和我同甘共苦。虽然身体孱弱，却有坚强的性格和过人的睿智，如果说我在治学或事业上有点滴成就的话，很大程度上是由于她的支持和鼓励。

我今年八十岁了，孟子说：强弩之末不能穿鲁缟。我去年大病半年，心脏又动大手术，但我仍然希望在有生之年有所作为。譬如说，在书法艺术的追求上，要有更为丰富的内涵。我希望我的大字既有王的遒丽亢爽，又有钟的古朴典雅；既有颜的雄伟端丽，又有虞的幽深蕴藉。至于我的小字，我自以为却有突破前人之处。首先，我一改前人小楷尖细的风格而力求厚重沉雄。不仅点画峻刻，且结体疏朗端严。在用墨上，在整体沉厚中益以秾纤相间，使其既自然又有变化。总之小字有大气象，即使是蝇头书也是这样要求。在布白上，近年所书《金刚经》有长达二百字一行的直幅，通篇五千一百多字，仅二十余行，每行笔直，行距天地均极规整，全凭目测贯气，这个要求是我老伴首先向我提出来的，我知道这些是古人所没有的。

此外，我还将整理近年所作文章诗词，以及书画题识，如有可能再出一套《晚晴阁诗文续集》。总之有好多事要做，要而言之，我以为我这一生尽管颠沛流离，坎坷蹭蹬逾五十年，但总的说来，老天还是很眷顾我。我一直要求生活要有充实内容，我的幸福也就在这个过程之中，总之，我绝不想活到生活不能自理的岁月。最后就以东坡的几句诗作结吧，“人生到处知何似，恰似飞鸿踏雪泥，泥上偶然留指爪，鸿飞那复计东西。”但愿我能留些有价值的东西给后人，或亦不枉我这人生一世。

陰明無緒[illegible]紙花行

飛雄攜[illegible]蘿霧

之蒼蒼之花之好何如

古錢茶輕塵說不

永和九年歲在癸丑暮春之初會
于會稽山陰之蘭亭脩禊事
也羣賢畢至少長咸集此地
有崇山峻領茂林脩竹又有清流激
湍暎帶左右引以為流觴曲水
列坐其次雖無絲竹管弦之
盛一觴一詠亦足以暢敘幽情
是日也天朗氣清惠風和暢仰
觀宇宙之大俯察品類之盛
所以遊目騁懷足以極視聽之
娛信可樂也夫人之相與俯仰
一世或取諸懷抱悟言一室之內
或因寄所託放浪形骸之外雖
趣舍萬殊靜躁不同當其欣
於所遇暫得於己快然自足不
知老之將至及其所之既惓情
隨事遷感慨係之矣向之所
欣俛仰之間以為陳迹猶不
能不以之興懷況脩短隨化終
期於盡古人云死生亦大矣豈
不痛哉每攬昔人興感之由
若合一契未嘗不臨文嗟悼不
能喻之於懷固知一死生為虛
誕齊彭殤為妄作後之視今
亦由今之視昔悲夫故列敘時
人錄其所述雖世殊事異所
以興懷其致一也後之攬者亦
將有感於斯文

戊午春章汝奭於梅山

临王羲之《兰亭序》
27 × 78 cm　1978年

事西戎韓朖字顯公都督掾南鄭魏整字伯玉後遣趙誦字公梁案察中曹卓造作石積萬世之基

辛酉秋 汝頤臨池

节临汉《石门颂》

97 × 31 cm　1981 年

临隋人《出师颂》

20 × 35.5 cm　1981 年

楷书　陆游《金崖砚铭》
27.5 × 106 cm　1978 年
行书　苏轼《题烟江叠嶂图》
48 × 176 cm　1994 年

我游三峡得砚南浦西窟梁益

江上愁心千叠山浮空积翠如云烟山耶云耶远莫知烟空云散山依然但见两崖苍苍暗绝谷中有百道飞来泉萦林络石隐复见下赴谷口为奔川川平山开林麓断小桥野店依山前行人稍度乔木外渔舟一叶江吞天使君何从得此本点缀毫末分清妍不知人间何处有此境径欲往买二顷田君不见武昌樊口

看盡江湖千萬峰，不嫌雲夢芥吾胸。
戲將西塞山前月，來照東林寺裏鐘。
遠公已知今再到，老僧能記昔相逢。
虛窗熟睡誰驚覺，野碓無人夜自舂。

丙寅歲 汝道

行书　陆游《六月十四日宿东林寺》
109 × 37 cm　1986 年
行书　朱熹《泛舟绝句》
31 × 99 cm　2004 年

風吹浪細萍浮釣

辛酉正月

月落雲空柳暝船

章汝奭

行书　对联
94 × 22.5 cm　1981 年
行书　对联
133 × 26 cm　1981 年

吳山越水往綿繹梅老枝虬分外香勝事盡鶴詩書畫娛俗何如酒顛狂鐵秋未便呼多謝春皇

方宜護惜霜顛鬢從來心在道聽蛙聽雨興初長 子丞仁文刻聽蛙翁 扶節他日到峯巔俯瞰塵

寰甚可憐小徑迂迴千嶂裏大江瀾卷萬濤間半生蹭蹬勞誰問片紙艱難已忘年洗硯池邊憑

自笑市朝名利戰方酣 詩人曾以自才退市縱筆有神為道撰文紹介仁文之藝刊於香港之收藏天地 盛閒先生屬寫經筆求

素復徘徊晉吟一字耽佳句慵眼幾曾俗事關潑墨腕邊殊韻趣漏痕背次有寒梅河陽絕藝驚

避邇夢裏清芬滌宿埃 北宋河陽郭熙字淳夫仁文字之淳要非偶合耶

己巳菊月初八弟丞仁文回弟子張倩華女史語倩青臨寒食以為予所作之晚晴閣吟詩圖巨幅見貽喜之不勝是夜燈下賦此長句勉

為載答即呈 印可

長洲適讀生艸

汝屯於海上得幾許清氣之廬時年六十有三

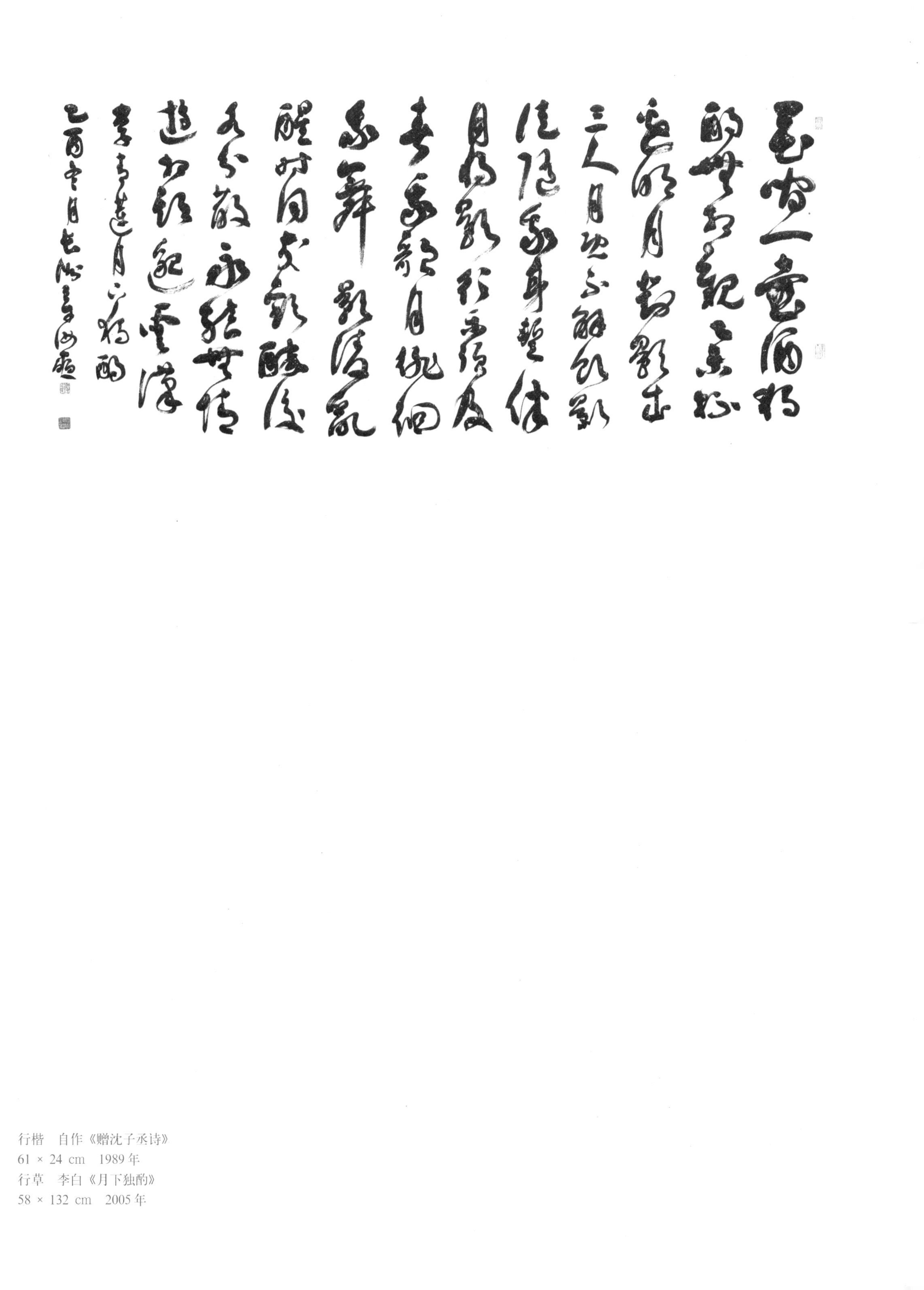

行楷　自作《赠沈子承诗》
61 × 24 cm　1989 年
行草　李白《月下独酌》
58 × 132 cm　2005 年

五君詠 五首 竹林七賢山濤王戎以貴顯被斥

阮公雖淪迹識密鑒亦洞沈醉似埋照寓辭類託諷長嘯若懷人越禮自驚衆物故不可論途窮能無慟 詠阮步兵籍

中散不偶世本自餐霞人形解驗默仙吐論知凝神立俗迕流議尋山洽隱淪鸞翮有時鎩龍性誰能馴 詠嵇中散康

劉伶善閉關懷情滅聞見鼓鐘不足歡榮色豈能眩韜精日沈飲誰知非荒宴頌酒雖短章深衷自此見 詠劉參軍伶

仲容青雲器實稟生民秀達音何用深識微在金奏郭奕已心醉山公非虛觀屢薦不入官一麾乃出守 詠阮始平咸

向秀甘淡薄深心託豪素探道好淵玄觀書鄙章句交呂既鴻軒攀嵇亦鳳舉流連河裏遊惻愴山陽賦 詠向常侍秀

顏延之此作頗具高逸之致率爾書之或亦是天真之趣也

辛酉冬至前二日 [illegible]於海上

中散不偶世本自餐霞人形解
驗默仙吐論知凝神立俗迕流議
尋山洽隱淪鸞翮有時鎩龍性誰
能馴 詠嵇中散康
劉伶善閉關懷情滅聞見鼓鐘
不足歡榮色豈能眩韜精日沈
飲誰知非荒宴頌酒雖短章深衷

新婚別

此征調及少子也，篇中只敘述新婦口中語，不更增一字而悲傷自見

兔絲附蓬麻引蔓故不長嫁女與征夫不如棄路旁
結髮為君妻席不暖君牀暮婚晨告別無乃太忽忙
君行雖不遠守邊赴河陽妾身未分明何以拜姑嫜父
母養我時日夜令我藏生女有所歸鷄狗亦得將君
今生死地沉痛迫中腸誓欲隨君去形勢反蒼黃勿
為新婚念努力事戎行婦人在軍中兵氣恐不揚自
嗟貧家女久致羅襦裳羅襦不復施對君洗紅妝
仰視百鳥飛大小必雙翔人事多錯迕與君永相望

行楷　颜延之《五君咏》
16.5 × 45.5 cm　1981 年
小楷　杜甫《三吏》、《三别》
10.2 × 36.5 cm　1975 年

往昔十四五出遊翰墨場斯文崔魏徒以我似
班揚七齡思即壯開口咏鳳凰九齡書大字有
作成一囊性豪業嗜酒嫉惡懷剛腸脫略小
時輩結交皆老蒼飲酣視八極俗物都茫茫東
下姑蘇臺已具浮海航到今有遺恨不得窮扶
桑王謝風流遠闔廬丘墓荒劍池石壁仄長
洲荷芰香嵯峨閶門北清廟映回塘每趨吳太
伯撫事淚浪浪枕戈憶勾踐渡浙想秦皇蒸魚
聞匕首除道哂要章越女天下白鑑湖五月涼剡
溪蘊秀異欲罷不能忘歸帆拂天姥中歲貢舊
鄉氣劘屈賈壘目短曹劉墻忤下考功第獨辭
京尹堂放蕩齊趙間裘馬頗清狂春歌叢臺上
冬獵青丘旁呼鷹皂櫪林逐獸雲雪岡射飛
曾縱鞚引臂落鶖鶬蘇侯據鞍喜忽如攜葛
强快意八九年西歸到咸陽許與必詞伯賞遊實
賢王曳裾置醴地奏賦入明光天子廢食召羣
公會軒裳脫身無所愛痛飲信行藏黑貂不免
敝斑鬢兀稱觴杜曲晚耆舊四郊多白楊坐深鄉
黨敬日覺死生忙朱門任傾奪赤族迭罹殃國
馬竭粟豆官雞輸稻粱舉隅見煩費引古惜興
亡河朔風塵起岷山行幸長兩宮各警蹕萬里
遥相望崆峒殺氣黑少海旌旗黄禹功亦命子
涿鹿親戎行翠華擁英岳螭虎啖豺狼爪牙
一不中胡兵更陸梁大軍載草草凋瘵滿膏肓
備員竊補袞憂憤心飛揚上感九廟焚下憫萬
民瘡斯時伏青蒲廷争守御牀君辱敢愛死赫
怒幸無傷聖哲體仁恕宇縣復小康哭廟灰燼
中鼻酸朝未央小臣議論絶老病客殊方鬱鬱
苦不展羽翮困低昂秋風動哀壑碧蕙捐微芳
之推避賞從漁父濯滄浪榮華敵勳業歲暮
有嚴霜吾觀鴟夷子才格出尋常羣凶逆未
定側佇英俊翔
右杜少陵壯遊 乙丑三月初五章汝奭書

洲荷芰香嵯峨閶門北清廟映回塘每趨吳太
伯撫事淚浪浪枕戈憶勾踐渡浙想秦皇蒸魚
聞匕首除道哂要章越女天下白鑑湖五月涼剡
溪蘊秀異欲罷不能忘歸帆拂天姥中歲貢舊
鄉氣劘屈賈壘目短曹劉墻忤下考功第獨辭
京尹堂放蕩齊趙間裘馬頗清狂春歌叢臺上
冬獵青丘旁呼鷹皂櫪林逐獸雲雪岡射飛
曾縱鞚引臂落鶖鶬蘇侯據鞍喜忽如攜葛
强快意八九年西歸到咸陽許與必詞伯賞遊實
賢王曳裾置醴地奏賦入明光天子廢食召羣
公會軒裳脫身無所愛痛飲信行藏黑貂不免

[illegible]

則長太息以掩涕兮哀人生之多艱余雖好脩姱以鞿羈兮謇朝誶而夕替既替余以蕙纕兮
又申之以攬茝亦余心之所善兮雖九死其猶未悔怨靈脩之浩蕩兮終不察夫民心眾女嫉余
之蛾眉兮謠諑謂余以善淫固時俗之工巧兮偭規矩而改錯背繩墨以追曲兮競周容以為度
忳鬱邑余侘傺兮吾獨窮困乎此時也寧溘死以流亡兮余不忍為此態也鷙鳥之不羣兮自前
世而固然何方圜之能周兮夫孰異道而相安屈心而抑志兮忍尤而攘詬伏清白以死直兮固
前聖之所厚悔相道之不察兮延佇乎吾將反回朕車以復路兮及行迷之未遠步余馬於
蘭皋兮馳椒丘且焉止息進不入以離尤兮退將復脩吾初服製芰荷以為衣兮集芙蓉以為
裳不吾知其亦已兮苟余情其信芳高余冠之岌岌兮長余佩之陸離芳與澤其雜
糅兮唯昭質其猶未虧忽反顧以遊目兮將往觀乎四荒佩繽紛其繁飾兮芳菲菲其
彌章人生各有所樂兮余獨好脩以為常雖體解吾猶未變兮豈余心之可懲女嬃之
嬋媛兮申申其詈予曰鯀婞直以亡身兮終然殀乎羽之野汝何博謇而好脩兮紛獨有
此姱節薋菉葹以盈室兮判獨離而不服眾不可戶說兮孰云察余之中情世並舉而好
朋兮夫何煢獨而不予聽依前聖以節中兮喟憑心而歷茲濟沅湘以南征兮就重華而
敶詞啟九辯與九歌兮夏康娛以自縱不顧難以圖後兮五子用失乎家巷羿淫遊以佚
田兮又好射夫封狐固亂流其鮮終兮浞又貪夫厥家澆身被服強圉兮縱欲而不忍日康
娛而自忘兮厥首用夫顛隕夏桀之常違兮乃遂焉而逢殃后辛之菹醢兮殷宗用而
不長湯禹儼而祗敬兮周論道而莫差舉賢而授能兮循繩墨而不頗皇天無私阿兮
覽民德焉錯輔夫維聖哲以茂行兮苟得用此下土瞻前而顧後兮相觀人之計極夫孰非
義而可用兮孰非善而可服阽余身而危死兮覽余初其猶未悔不量鑿而正枘兮固前
脩以菹醢曾歔欷余鬱邑兮哀朕時之不當攬茹蕙以掩涕兮霑余襟之浪浪跪敷衽
以陳辭兮耿吾既得此中正駟玉虬以乘鷖兮溘埃風余上征朝發軔於蒼梧兮夕余至乎
縣圃欲少留此靈瑣兮日忽忽其將暮吾令羲和弭節兮望崦嵫而勿迫路曼曼其脩

小楷　杜甫《壮游》
16.8 × 45.2cm　1985 年
小楷　屈原《离骚》
19 × 61cm　1980 年

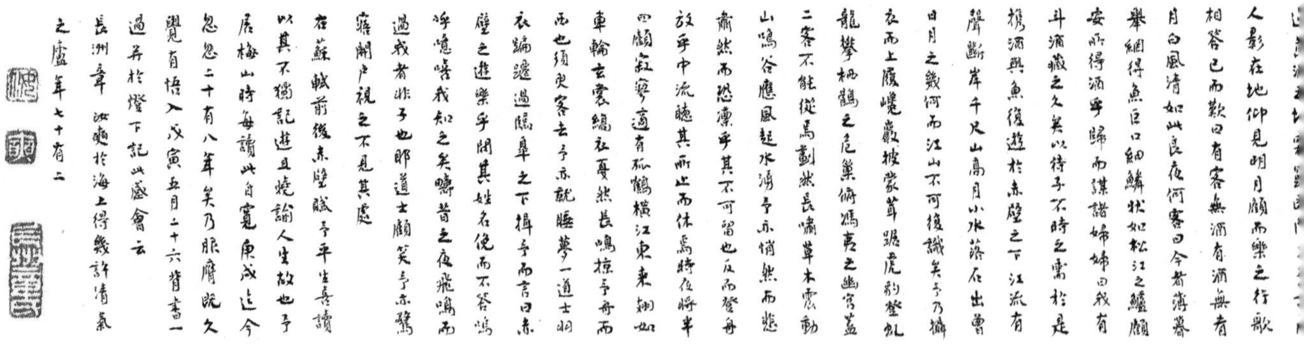

人影在地仰見明月顧而樂之行歌
相答已而歎曰有客無酒有酒無肴
月白風清如此良夜何客曰今者薄暮
舉網得魚巨口細鱗狀如松江之鱸顧
安所得酒乎歸而謀諸婦婦曰我有
斗酒藏之久矣以待子不時之需於是
攜酒與魚復遊於赤壁之下江流有
聲斷岸千尺山高月小水落石出曾
日月之幾何而江山不可復識矣予乃攝
衣而上履巉巖披蒙茸踞虎豹登虬
龍攀棲鶻之危巢俯馮夷之幽宮蓋
二客不能從焉劃然長嘯草木震動
山鳴谷應風起水涌予亦悄然而悲
肅然而恐凜乎其不可留也反而登舟
放乎中流聽其所止而休焉時夜將半
四顧寂寥適有孤鶴橫江東來翅如
車輪玄裳縞衣戛然長鳴掠予舟而
西也須臾客去予亦就睡夢一道士羽
衣蹁躚過臨皋之下揖予而言曰赤
壁之遊樂乎問其姓名俛而不答嗚
呼噫嘻我知之矣疇昔之夜飛鳴而
過我者非子也耶道士顧笑予亦驚
寤開戶視之不見其處
右蘇軾前後赤壁賦予平生喜讀
以其不獨記遊且曉諭人生故也予
居梅山時每讀此自寬庚戌迄今
忽忽二十有八年矣乃病臂既久
覺有悟入戊寅五月二十六背書一
過并於燈下記此盛會云
長洲章 汝奭於海上得幾許清氣
之廬年七十有二

帝王萬世之業也始皇既沒餘威震於殊俗然而陳涉甕
牖繩樞之子甿隸之人而遷徙之徒也材能不及中人非有
仲尼墨翟之賢陶朱猗頓之富也躡足行伍之間俛仰仟
佰之中率罷散之卒將數百之衆轉而攻秦斬木為兵
揭竿為旗天下雲會響應贏糧而景從山東豪俊遂
並起而亡秦族矣且天下非小弱也雍州之地殽函之固自若
也陳涉之位非尊於齊楚燕趙韓魏宋衛中山之君也鉏
耰棘矜不銛於句戟長鎩也適戍之衆非儔於九國之師也
深謀遠慮行軍用兵之道非及曩時之士也然而成敗異
變功業相反也嘗試使山東之國與陳涉度長絜大比權
量力則不可同年而語矣然而秦以區區之地致萬乘之
權抑八州而朝同列百有餘年矣然後以六合為家殽函
為宮一夫作難而七廟隳身死人手為天下笑者何也仁
義不施而攻守之勢異也
右賈誼過秦論上 兩漢政論此為翹楚
歲在丁卯四月長洲章 汝奭書於海上時年六十一

小楷　苏轼《前后赤壁赋》

7.3 × 48 cm　1998 年

小楷　贾谊《过秦论》

17.5 × 58 cm　1987 年

壬戌之秋七月既望蘇子與客泛舟遊於赤壁之下清風徐來水波不興舉酒屬客誦明月之詩歌窈窕之章少焉月出於東山之上徘徊於斗牛之間白露橫江水光接天縱一葦之所如凌萬頃之茫然浩浩乎如馮虛御風而不知其所止飄飄乎如遺世獨立羽化而登仙於是飲酒樂甚扣舷而歌之歌曰桂棹兮蘭槳擊空明兮泝流光渺渺兮予懷望美人兮天一方客有吹洞簫者倚歌而和之其聲嗚嗚然如怨如慕如泣如訴餘音嫋嫋不絕如縷舞幽壑之潛蛟泣孤舟之嫠婦蘇子愀然正襟危坐而問客曰何為其然也客曰月明星稀烏鵲南飛此非曹孟德之詩乎西望夏口東望武昌山川相繆鬱乎蒼蒼此非孟德之困於周郎者乎方其破荊州下江陵順流而東也舳艫千里旌旗蔽空釃酒臨江橫槊賦詩固一世之雄也而今安在哉況吾與子漁樵於江渚之上侶魚蝦而友麋鹿駕一葉之扁舟舉匏樽以相屬寄蜉蝣於天地渺滄海之一粟哀吾生之須臾羨長江之無窮挾飛仙以遨遊抱明月而長終知不可乎驟得託遺響於悲風蘇子曰客亦知夫水與月乎逝者如斯而未嘗往也盈虛者如彼而卒莫消長也蓋將自其變者而觀之則天地曾不能以一瞬自其不變者而觀之則物與我皆無盡也而又何羨乎且夫天地之間物各有主苟非吾之所有雖一毫而莫取惟江上之清風與山間之明月耳得之而為聲目遇之而成色取之無禁用之

秦孝公據殽函之固擁雍州之地君臣固守以窺周室有席卷天下包舉宇內囊括四海之意并吞八荒之心當是時也商君佐之內立法度務耕織修守戰之備外連衡而鬥諸侯於是秦人拱手而取西河之外孝公既沒惠文王武王昭王蒙故業因遺策南取漢中西舉巴蜀東割膏腴之地收要害之郡諸侯恐懼會盟而謀弱秦不愛珍器重寶肥饒之地以致天下之士合從締交相與為一當此之時齊有孟嘗趙有平原楚有春申魏有信陵此四君者皆明智而忠信寬厚而愛人尊賢而重士約從連橫兼韓魏燕趙宋衛中山之眾於是六國之士有甯越徐尚蘇秦杜赫之屬為之謀齊明周最陳軫召滑樓緩翟景蘇厲樂毅之徒通其意吳起孫臏帶佗兒良王廖田忌廉頗趙奢之倫制其兵嘗以什倍之地百萬之師仰關而攻秦秦人開關而延敵九國之師逡巡而不敢進秦無亡矢遺鏃之費而天下固已困矣於是從散約敗爭割地而賂秦秦有餘力而制其弊追亡逐北伏尸百萬流血漂櫓因利乘便宰割天下分裂河山彊國請服弱國入朝施及孝文王莊襄王享國之日淺國家無事及至始皇奮六世之餘烈振長策而御宇內吞二周而亡諸侯履至尊而制六合執敲扑以鞭笞天下威振四海南取百越之地以為桂林象郡百越之君俛首係頸委命下吏乃使蒙恬北築長城而守藩籬卻匈奴七百餘里胡人不敢南下而牧馬士不敢彎弓而報怨於是廢先王之道燔百家之言以愚黔首隳名城殺

此蘇步青教授詩嘗於報端見之頗有所觸世間本有鬼狐惜每不能識或耽於色或惑於利因為所祟然亦時有正直之士而不免受其害者此其所以為鬼狐也以鬼狐多妬人能幸人失故欲防之必不求顯露慎於言行世之君子其有取於此乎

辛酉夏章汝奭於海上

幼覽聊齋聽說書，長經世故漸生疏。老來嘗盡風霜味，始信人間有鬼狐。

乙未秋汝奭試筆

行书　苏步青诗（附题跋）
58 × 28 cm　1981年
行草　白居易《欲与元八卜邻先有是赠》
64 × 32 cm　1986年

[illegible]

自来多命薄桃花又見一年春已無錦帳圍金
谷澇把青鞋踏麴塵繞樹百回心語口明年句
管是何人　天涯曉遠碧雲橫社日園林紫
燕輕桃葉參差誰問渡杏花零落憶題名
月明犬吠村中夜雨過鶯啼葉滿城人不歸
来春又去與誰連臂唱盈盈　白華乘柳弄
新晴紫背浮萍細點生三月尋芳騎鳳侶一
時齊唱踏莎行收燈院落傷樓燕細雨樓臺
濕囀鶯莫問東君訴恩怨自来春夢不分
明　春朝何事黙凭闌庭草驚看露已團
花併淚絲飛點點絮飄眼纈望漫漫書當
無意開孤情帶有何心綰合歡且喜殘叢
猶有在好隨竹報平安備　杏瓣桃須掃作
堆青春白髮感衰顏蛤蜊上市驚新味鶗
鴂教人再洗杯忍唱驪歌送春去悔將羯鼓
催明催爛開賺我平添老知到来年可爛開
右唐六如落花詩十首
壬戌三月之暮雨日無聊書此自遣　汝鵬

[illegible]
此何為答言楚徵兵渡瀘及五月將赴雲南征怯卒非戰
士炎方難遠行長號別嚴親日月慘光晶泣盡繼以血心
摧兩無聲困獸當猛虎窮魚餌奔鯨千去不一回投軀
豈全生如何舞干戚一使有苗平　胡關饒風沙蕭索竟
終古木落秋草黃登高望戎虜荒城空大漠邊無遺
邑無遺堵白骨橫千霜嵯峨蔽榛莽借問誰凌虐天驕
毒威武赫怒我聖皇勞師事鼙鼓陽和變殺氣發卒騷
中土三十六萬人哀哀淚如雨且悲就行役安得營農圃
不見征戍兒豈知關山苦李牧今不在邊人飼豺虎　登
高望四海天地何漫漫霜被群物秋風飄大荒寒榮華東
流水萬事皆波瀾白日掩徂輝浮雲無定端梧桐巢燕雀
枳棘棲鴛鸞且復歸去来劍歌行路難　醜女来效顰還
家驚四鄰壽陵失故步笑殺邯鄲人一曲斐然子雕蟲喪天
真棘刺造沐猴三年費精神功成無所用楚楚且華身
大雅思文王頌聲久崩淪安得郢中質成風一運斤　八
荒馳鶩飆萬物盡凋落浮雲蔽頹陽洪波振大壑龍
鳳脫網罟飄颻將安托去去乘白駒空山詠場藿　桃
花開東園含笑誇白日偶蒙東風榮生此豔陽質豈
無佳人色但恐花不實宛轉龍火飛零落早相失詎知南
山松獨立自蕭瑟
右李青蓮古風十五首　庚申十月初五燈下書此
章草　汝鵬於海上退思居時年五十有四

小楷　唐寅《落花诗》
15 × 50 cm　1982年
小楷　李白《古风十五首》
16.5 × 59 cm　1980年

剎那斷送十分春富貴園林一洗貧借問牧童
應沒酒試嘗梅子又生仁若爲軟舞欺花旦難
保餘香笑樹神料得青鞋攜手伴日高都倣晏
晏眠人　夕陽黯黯笛悠悠一霎春風又轉頭
控訴欲呼天北極臙脂都付水東流傾盆恠雨
泥三尺繞樹佳人綉半鉤顏色自來皆夢幻
一番添得鏡中愁　春風百五盡須臾花事飄
零剩有無新酒快傾杯上綠衰顏已改鏡中朱
絕偃不見偷香椽墮溷飄茵逐臭夫身漸衰
頹類如此樹和涸眼合同枯　時節鞦韆忙辟黑時
花枝堪賦比紅兒看來寒食春無主飛遍鄰
家蝶有私縱使金錢堆北斗難饒風雨葬西施
匡床自拂眠清晝一縷煙茶颺鬢絲　坐看芳
菲了悶中幽教歷遍袁弄風舒拿墨熱香沾

大雅久不作吾衰竟誰陳王風委蔓草戰國多荊榛龍虎
相啖食兵戈逮狂秦正聲何微茫哀怨起騷人揚馬激頹波
開流蕩無垠廢興雖萬變憲章亦已淪自從建安來綺麗
不足珍聖代復元古垂衣貴清真群才屬休明乘運共躍
鱗文質相炳煥眾星羅秋旻我志在刪述垂輝映千春希
聖如有立絕筆於獲麟　蟾蜍薄太清蝕此瑤臺月圓光虧
中天金魄遂淪沒螮蝀入紫微大明夷朝暉浮雲隔兩曜萬
象昏陰霏蕭蕭長門宮昔是今已非桂蠹花不實天霜
下嚴威沈歎終永夕感我涕沾衣　秦皇掃六合虎視何雄
哉飛劍決浮雲諸侯盡西來明斷自天啟大略駕群才收兵
鑄金人函谷正東開銘功會稽嶺騁望琅琊臺刑徒七十
萬起土驪山隈尚采不死藥茫然使心哀連弩射海魚長
鯨正崔嵬額鼻象五岳揚波噴雲雷鬐鬣蔽青天何由睹
蓬萊徐市載秦女樓船幾時迴但見三泉下金棺葬寒
灰　莊周夢蝴蝶蝴蝶為莊周一體更變易萬事良悠
悠乃知蓬萊水復作清淺流青門種瓜人舊日東陵侯富
貴固如此營營何所求　齊有倜儻生魯連特高妙明月出
海底一朝開光曜卻秦振英聲後世仰末照意輕千金贈
顧向平原笑吾亦澹蕩人拂衣可同調　松柏本孤直難為
桃李顏昭昭嚴子陵垂釣滄波間身將客星隱心與白雲閒
長揖萬乘君還歸富春山清風灑六合邈然不可攀
使我長歎息冥棲巖石間　君平既棄世世亦棄君平
觀變窮太易探元化群生寂寞綴道論空簾閉幽情騶
虞不虛來鸑鷟有時鳴安知天漢上白日懸高名海客去
已久誰人測沉冥　天津三月時千門桃與李朝為斷腸花
暮逐東流水前水復後水古今相續流新人非舊人年年
橋上遊雞鳴海色動謁帝羅公侯月落西上陽餘輝半城
樓衣冠照雲日朝下散皇州鞍馬如飛龍黃金絡馬頭行
人皆辟易志氣橫嵩丘入門上高堂列鼎錯珍羞香風
引趙舞清管隨齊謳七十紫鴛鴦雙雙戲庭幽行樂爭
晝夜自言度千

我見飛雲朝如行玉山萬河歸去走
東海萬里寫入胸懷昔身騎白龍不
能度客高南山買天能排細雨合芳新去
飄蕩浮雲且西去

乙丑九月錄青蓮詩 汝通

行草　李白《赠裴十四》
110 × 41 cm　1985 年
行草　王湾《次北固山》
32 × 115.5 cm　2004 年

行草　陆游《书愤》
34 × 107 cm　2004年

[illegible][illegible][illegible][illegible]
心[illegible]識
爲松風吹散
間[illegible]上[illegible]
[illegible][illegible][illegible][illegible]
中[illegible]

時君納焉皇風於是乎
清夷蒼生以之而富庶
若然則總百官食萬錢
非幸也宜也其或私讎
未復思所逐之舊恩未
報思所榮之子女玉帛
何以致之車馬玩器何以取
之姦人附勢我將陟之直
士抗言我將黜之三時告災
上有憂色構巧詞以悅之
群吏弄法君聞怨言進
諂容以媚之私心慆慆假
寐而坐九門既開重瞳屢
回相君言焉時君惑焉
政柄於是乎隳哉帝

位以之而危矣若然則下死獄投遠方非不幸也亦宜也是知一國之政萬人之命懸於宰相可不慎歟復有無毀無譽旅進旅退竊位而苟祿備員而全身者亦無所取焉棘寺小吏王禹偁為文請誌院壁用規於執政者

嘗見南宋張即之以擘窠大書為是文其卷今存今作此不免優孟衣冠之誚 壬午三月望前 長沙之章 沈鵬於偶然得之 陽之寓之居 年七十有二

行书 王禹偁《待漏院记》
47 × 360 cm 2002年

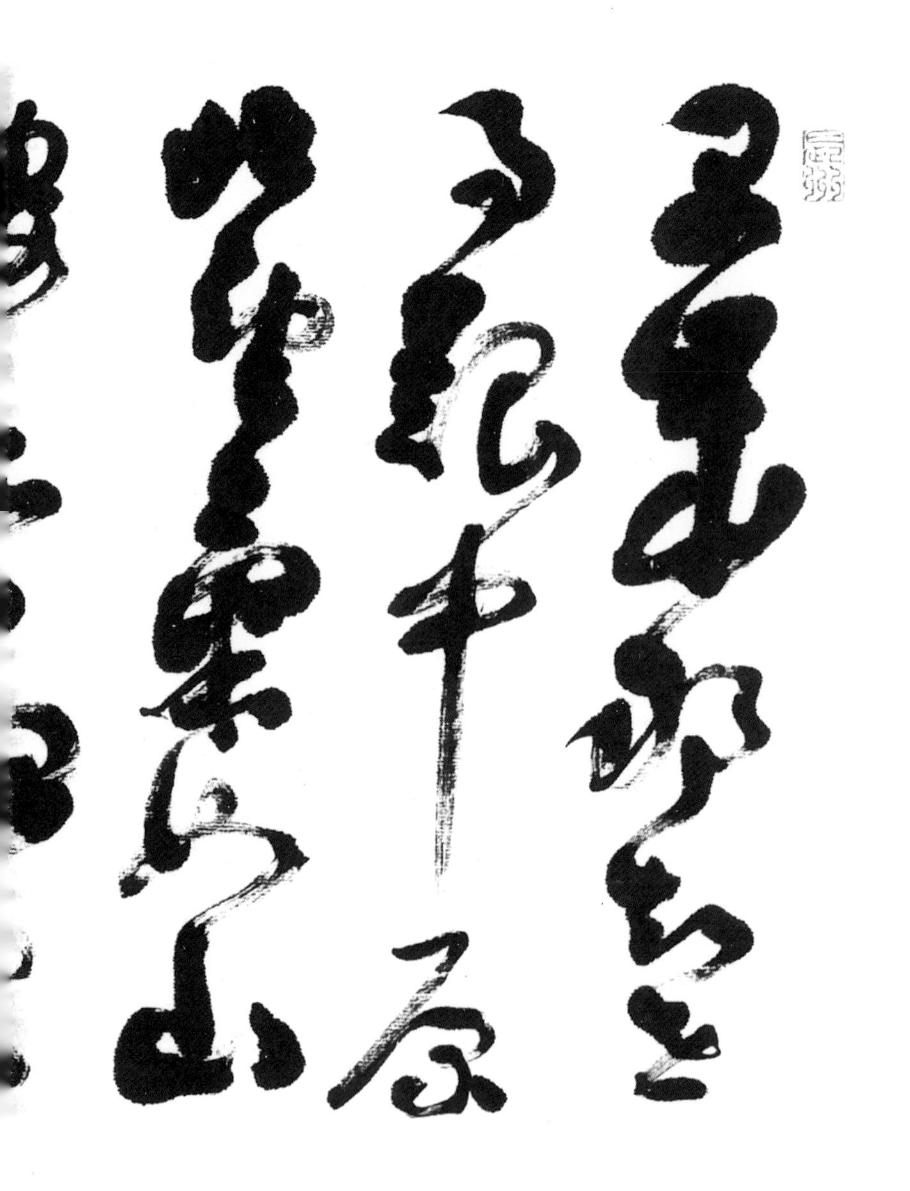

南宋迦一畢鶴撑袖
立此但苦撮出世心處
往行覺
辛卯七月既望
以手鶴退之禁飄饑陸忌而
一抔柳樹歟乙
東海適年九十六

天道不言而品物亨歲功
成者何謂也四時之吏五行
之佐宣其氣矣聖人不言
而百姓親萬邦寧者何謂
也三公論道六卿分職張
其教矣是知君逸於上臣
勞於下法乎天也古之善相
天下者自咎夔至房魏可
數也是不獨有其德亦皆
務於勤耳況夙興夜寐
以事一人卿大夫猶然況
宰相乎朝廷自國初因
舊制設宰相待漏院於
丹鳳門之右示勤政也乃

若北闕向曙東方未明相
君啓行煌煌火城相君
至止噦噦鑾聲金門
未闢玉漏猶滴撤蓋下
車於焉以息待漏之際
相君其有思乎其或兆
民未安思所泰之四夷未
附思所來之兵革未息
何以弭之田疇多蕪何以
闢之賢人在野我將進
之佞人立朝我將斥之六
氣不和災眚薦至願避
位以禳之五刑未措欺詐
日生請修德以釐之憂

岸晚峥嵘气如似往
呼息人年漫然前
後以予诗留守师十绝曰
盛之作後有三首互骚
老雄武程雅无语军
塘之叉堤塘画语烟如
风急随滩之如泻雨淋浪

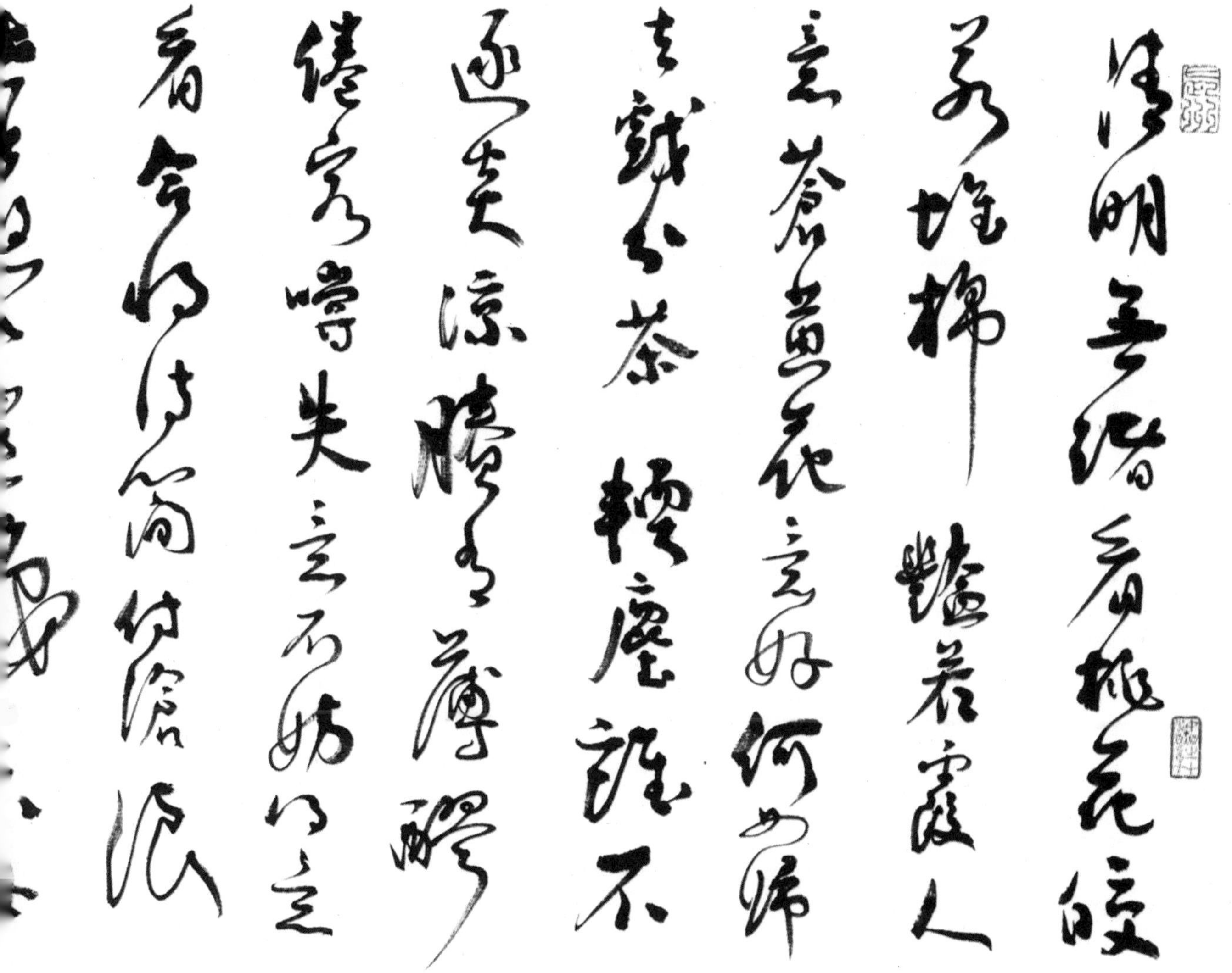

行草　自作诗

33 × 110 cm　1992年

清時有味是無能閑愛
孤雲靜愛僧欲把一麾
江海去樂遊原上望昭陵

乙丑大雪後一日 華 [illegible]

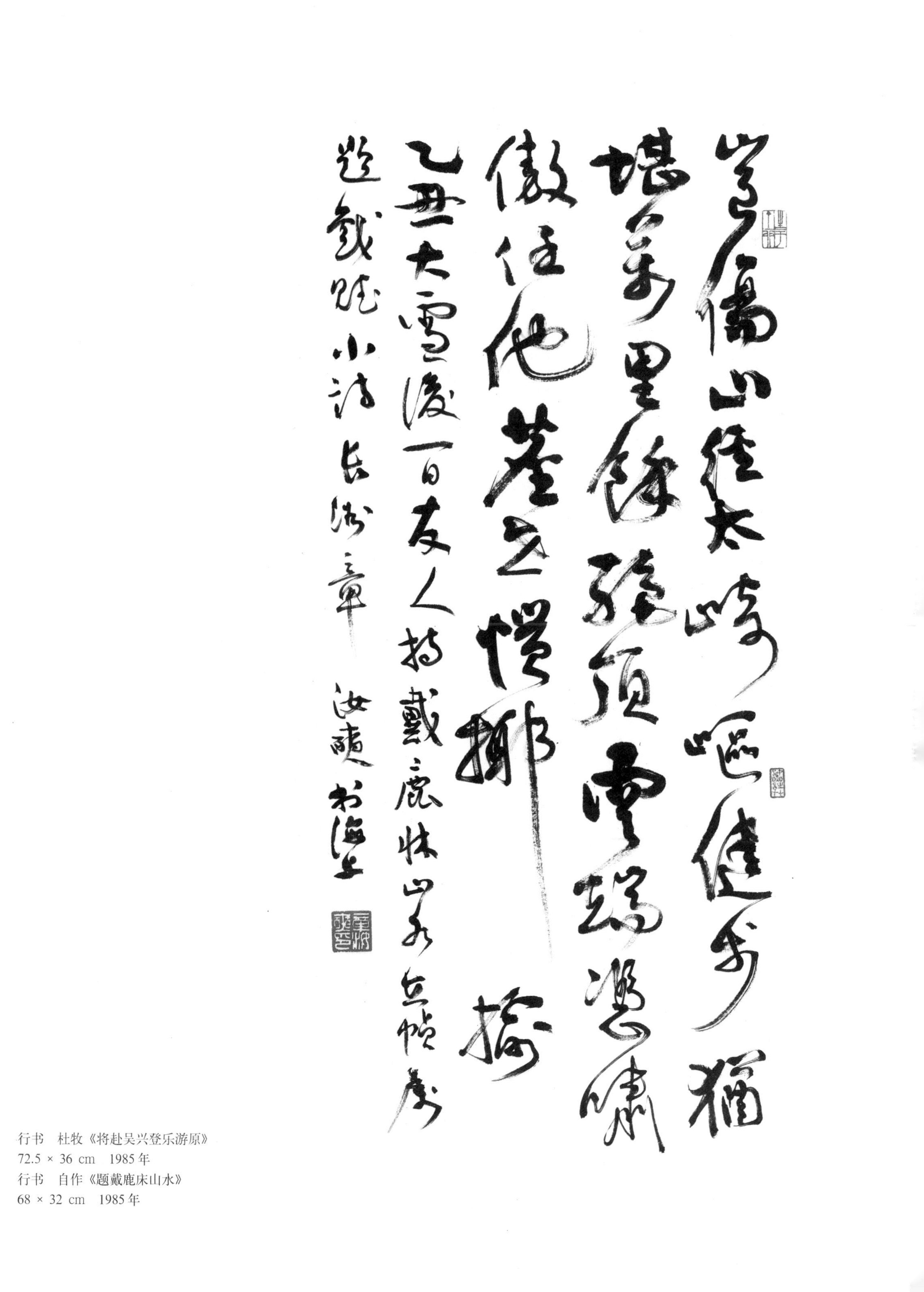

行书　杜牧《将赴吴兴登乐游原》
72.5 × 36 cm　1985 年
行书　自作《题戴鹿床山水》
68 × 32 cm　1985 年

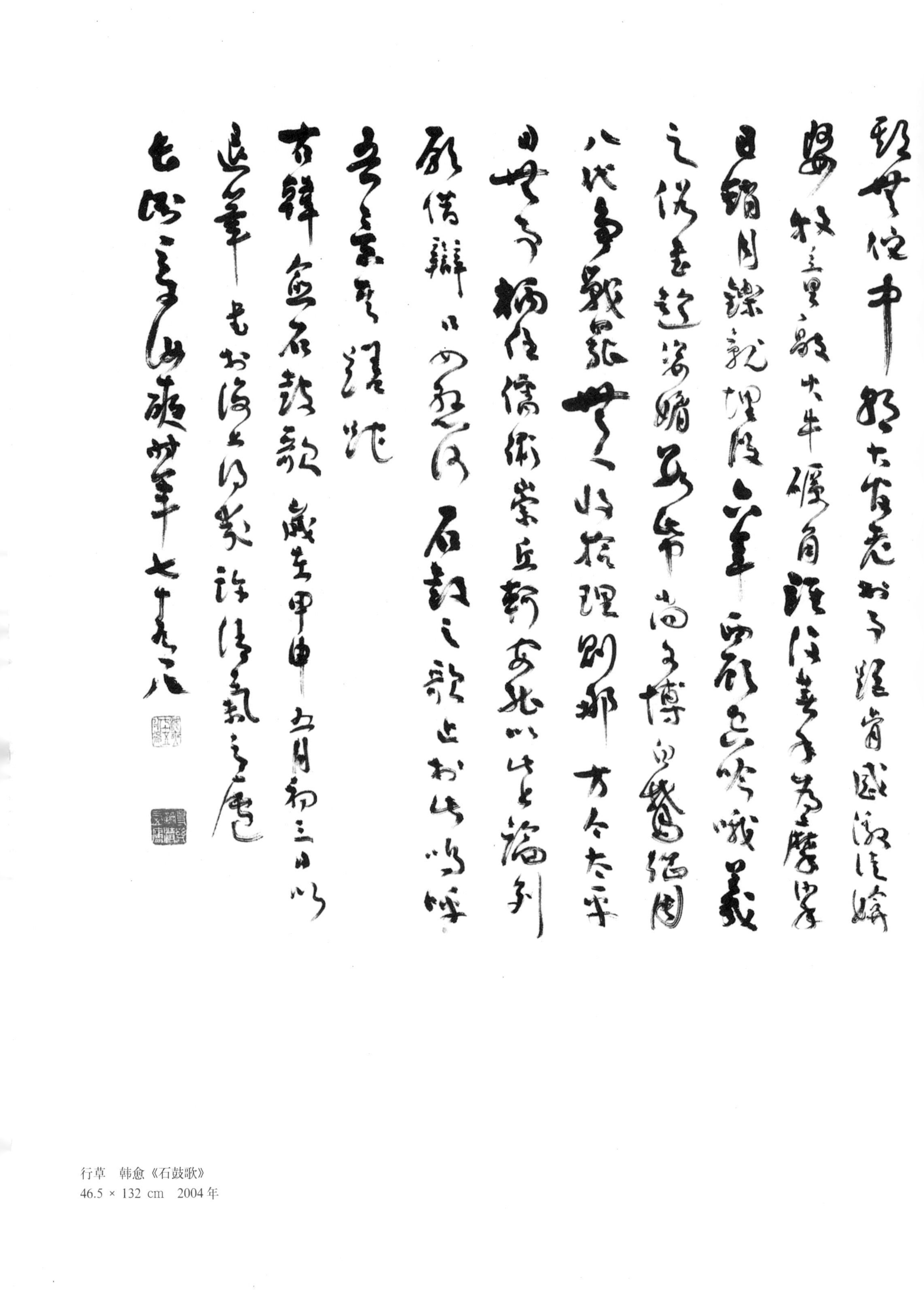

行草　韩愈《石鼓歌》
46.5 × 132 cm　2004 年

張生手持石鼓文勸我試作石鼓歌
少陵無人謫仙死才薄將奈石鼓何周綱
陵遲四海沸　宣王憤起揮天戈大開
明堂受朝賀諸侯劍佩鳴相磨蒐于岐
陽騁雄俊萬里禽獸皆遮羅鐫功勒
成告萬世鑿石作鼓隳嵯峨從臣才
藝咸第一揀選撰刻留山阿　雨淋日炙野
火燎鬼物守護煩撝呵

行草 曹操《观沧海》
52 × 580 cm 2000年

日月之行若出其中星漢燦爛若出其里幸甚至哉歌

毫髮盡備無差訛辭嚴義密讀難曉
字體不類隸與蝌年深豈免有缺畫快
劍斫斷生蛟鼉鸞翔鳳翥衆仙下珊瑚
碧樹交枝柯金繩鐵索鎖紐壯古鼎
躍水龍騰梭陋儒編詩不收入二雅褊迫
無委蛇孔子西行不到秦掎摭星宿遺
羲娥嗟余好古生苦晚對此涕淚雙滂沱
憶昔初蒙博士徵其年始改稱元和故人從
軍在右輔為我度量掘臼科濯冠沐浴
告祭酒如此至寶存豈多氈包席裹
可立致十鼓只載數駱駝薦諸太廟比郜
鼎光價豈止百倍過聖恩若許留太學
諸生講解得切磋觀經鴻都尚填咽坐見

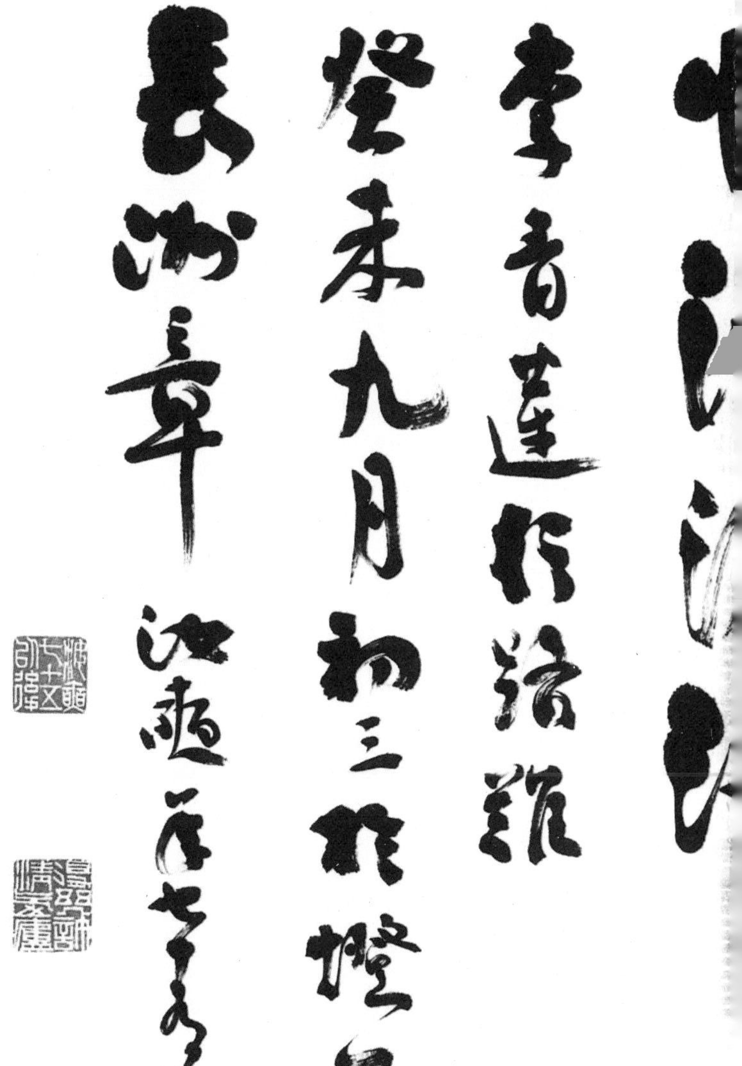

李青莲作绝句

癸未九月初三于灯下

长洲三年

江灝年七十有七

東臨碣石以觀滄海水何澹澹山

島竦峙樹木叢生百草豐茂秋風蕭瑟洪波湧起

雪暗天來垂
釣碧溪上忽復乘
舟夢日邊行路難
行路難多歧路今
安在長風破浪
會有時直挂雲
帆濟滄海

行书　李白《行路难》
46 × 139 cm　2003年

螳牙高高出風長手舉 搖擺橫衝 咲爾不知人有也
等閑釜底過身紅 周身甲胄縱堪矜鐵手持將節不
繫生死豈關燭燎夢 雖逃剔解佐清樽古道律名
鬼不識自來指點重衣裳 膏肓肺腑人情是不值識笑
是中腸

癸亥重九後一日食蟹戲題 長洲章汝頤書於海上

行书　自作《食蟹戏赋》
110 × 38 cm　1983 年
行草　自作《咏荷花》
103 × 33 cm　1996 年

行草　司空曙《送卢泰卿》
33 × 122 cm　2005 年
行草　李白《把酒问月》
47 × 131.5 cm　2005 年

青天有月來幾時我今停杯一問之人攀明月不可得月行卻與人相隨皎如飛鏡臨丹闕綠煙滅盡清輝發但見宵從海上來寧知曉向雲間沒白兔搗藥秋復春嫦娥孤棲與誰鄰今人不見古時月今月曾經照古人古人今人若流水共看明月皆如此唯

黎庶人人盼吉祥乘除瑞鹊贺恩量岂知仙客星槎路亦情东君正主张黄河东来南传伏曦还世復艰苦深春回且看谁真健第乌迎辉战一场

羊年吟康友人他吉祥如意图属予题之以诗 庚午冬书洪庭

行书　自作诗
97 × 33cm　1990 年
行书　自作《癸酉中秋赋寄台湾故旧》
110 × 37cm　1993 年

曉鑑湖無際泛輕舟百年未了黃粱夢萬事[illegible]
酒由底賣而今誰記得止於書架度春秋

戊辰人日薄醉放歌

每逢人日費思量潑墨難留薄酌香世事爭如施雨露生涯常若犯風霜攀援桂杖猶疲憊放棹中流自笑狂何用獻瓻賦鵬鳥燈前且為校書忙

庚午歲末友人作吉祥如意圖屬予繫之以詩

黎庶年年盼吉祥求除端的費思量豈尋仙客星槎路不待東君正主張世事本來多倚伏曠達無復歎炎涼春回且看誰真健策馬迎輝戰一場

壬申五月感事有作

閑令行歌志隱淪乃能輕騰避俗塵庭村籬菊新熟酒稚子親朋東素琴笑我壯遊空折桂河勞晚歲問醫賀寧將餘日焚膏過不為逍遙致此身

乙亥嘉平之朔獲觀叙老圖為賦

晚歲何須歎羈孤不勞籌計求除還將書檢充家事更有磨墨靜功夫莫為兒孫添墨礙每思頤養亦征途他年視此當一笑無愧留傳叙老圖

乙亥題友人畫牡丹

累世榮膺富貴名誰知成長歷艱辛霜寒育得枝枝壯雪裏熬來始放英但任春風拂畫檻或嫌詞客太多情周身傲骨雖堪用祇擅天香國色聲

右舊作七律十首雖感會多方要多苦吟得之幸覽者明鑒　辛巳二月長洲章汝奭於海上年七十有五

右細楷乃以退筆所書雖少俯潤之致要亦雄渾瘦刻識者以為何如

[illegible]塵漠漠一方明月可中庭南朝詞臣北朝客歸來見秦淮碧池臺竹樹三畝餘至今人道江家宅　丙寅秋書劉夢得金陵五題　章汝奭

小楷　自作《癸亥新春抒怀十首》
10.8 × 30.5 cm　2001年
行草　刘禹锡《金陵五题》
32 × 101 cm　1986年

癸亥新春抒懷

曾歎人間萬事非乃今寰宇逐春回莫因蕙苣
傷啼鴂無復薔薇送蟀鷉斯蝀墓門焉用斧
構巢蕭木亦堪棲衰顏且自爭餘歲蔌蔌青燈
文欲曦

乙丑歲晚抒懷

為詩何必求天籟感會興懷或得之世味廖薄渾
漫與平生甘苦寸心知家無長物唯禿筆室有餘香
剩墨池賴此縱橫經翰望可須慚怍對明時

丁卯正月感事有作

人生何事費追求數紀無成白了頭榮大月明獨閑
耀蟬鳴黃葉不知秋從來任教世蔡養未有仁心
善自謀東魯寄詩今記否且將寬語付行舟

丁卯六月二十四感事有作

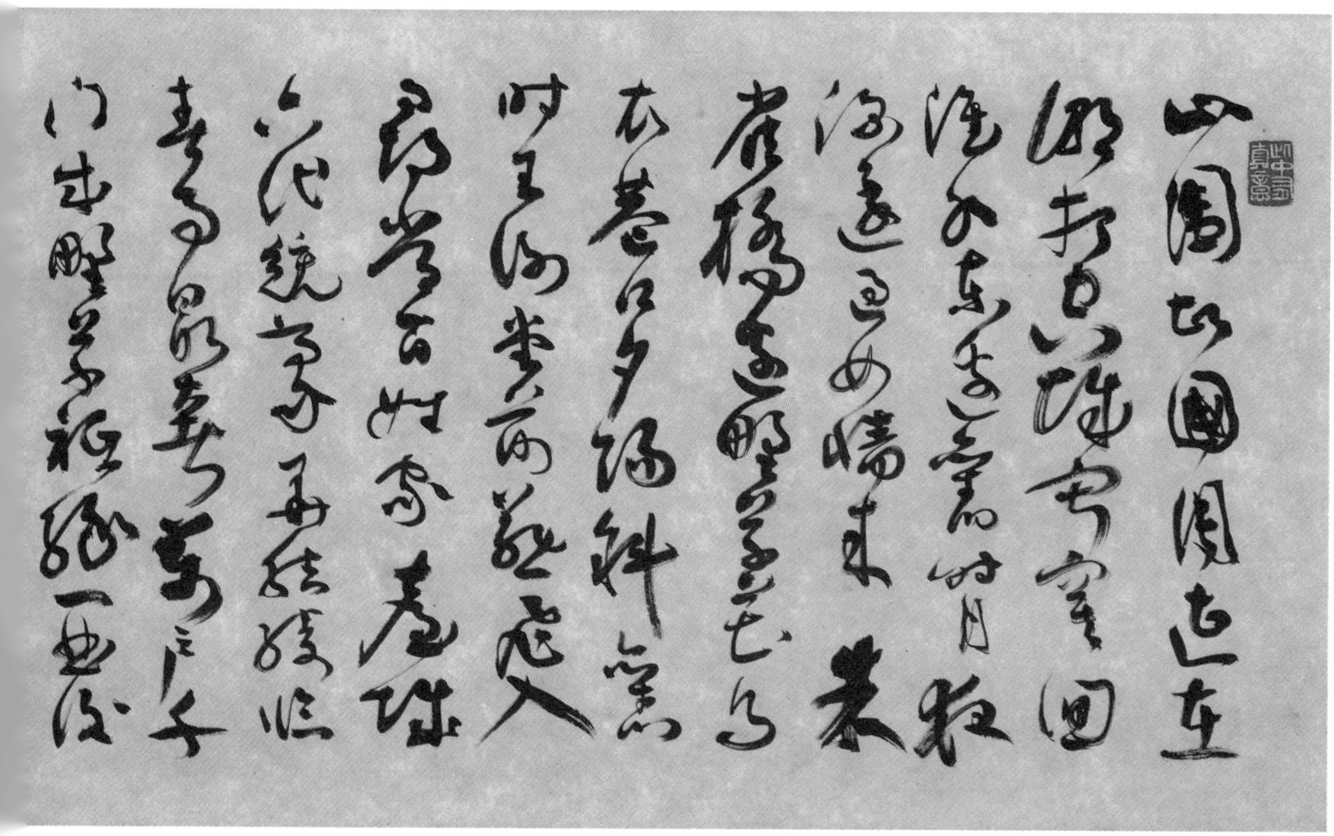

如是我聞一時佛在舍衛國祇樹給孤獨園與大比丘眾千二百五十人俱爾時世尊食時著衣持鉢入舍衛
提諸菩薩摩訶薩應如是降伏其心所有一切眾生之類若卵生若胎生若濕生若化生若有色若無色
薩無住相布施福德亦復如是不可思量須菩提菩薩但應如所教住須菩提於意云何可以身相
我相人相眾生相壽者相無法相亦無非法相何以故是諸眾生若心取相則為著我人眾生壽者若取法相
得福德寧為多不須菩提言甚多世尊何以故是福德卽非福德性是故如來說福德多佛言須菩提
阿那含果不須菩提言不也世尊何以故阿那含名為不來而實無不來是名阿那含須菩提於意云
所於法實無所得須菩提於意云何菩薩莊嚴佛土不不也世尊何以故莊嚴佛土者則非莊嚴是名
告須菩提若善男子善女人於此經中乃至受持四句偈等為他人說而此福德勝前福德復次須菩
意云何三千大千世界所有微塵是為多不須菩提言甚多世尊須菩提諸微塵如來說非微塵是名微
是非相是故如來說名實相世尊我今得聞如是經典信解受持不足為難若當來世後五百歲其有眾
何以故我於往昔節節支解時若有我相人相眾生相壽者相應生瞋恨須菩提又念過去於五百世
如人入闇則無所見若菩薩心不住法而行布施如人有目日光明照見種種色須菩提當來之世若有
悉知是人悉見是人皆成就不可量不可稱無有邊不可思議功德如是人等卽為荷擔如來阿耨
得值八百四千萬億那由他諸佛悉皆供養承事無空過者若復有人於後末世能受持讀誦此經所
生已而無一眾生實滅度者何以故若菩薩有我相人相眾生相壽者相卽非菩薩所以者何須菩
言汝於來世當得作佛號釋迦牟尼何以故如來者卽諸法如義若有人言如來得阿耨多羅三藐三菩
我當莊嚴佛土是不名菩薩何以故如來說莊嚴佛土者卽非莊嚴是名莊嚴須菩提若菩薩通
數佛世界如是寧為多不甚多世尊佛告須菩提爾所國土中所有眾生若干種心如來悉知何以

金刚般若波罗蜜经

[illegible]

小楷　《金刚经》（局部）
小楷　《金刚经》
82.5 × 19 cm　2001年

六王畢四海一蜀山兀阿房出覆壓三百餘里隔離天日驪山北構而西折直走咸陽二川溶溶流入宮牆五步一樓十步一閣廊腰縵迴簷牙高啄各抱地勢鉤心鬬角盤盤焉囷囷焉蜂房水渦矗不知其幾千萬落長橋臥波未雲何龍複道行空不霽何虹高低冥迷不知西東歌臺暖響春光融融舞殿冷袖風雨淒淒一日之內一宮之間而氣候不齊妃嬪媵嬙王子皇孫辭樓下殿輦來於秦朝歌夜絃爲秦宮人明星熒熒開妝鏡也綠雲擾擾梳曉鬟也渭流漲膩棄脂水也煙斜霧橫焚椒蘭也雷霆乍驚宮車過也轆轆遠聽杳不知其所之也一肌一容盡態極妍縵立遠視而望幸焉有不得見者三十六年燕趙之收藏韓魏之經營齊楚之精英幾世幾年取掠其人倚疊如山一旦不能有輸來其間鼎鐺玉石金塊珠礫棄擲邐迤秦人視之亦不甚惜嗟乎一人之心千萬人之心也秦愛紛奢人亦念其家奈何取之盡錙銖用之如泥沙使負棟之柱多於南畝之農夫架梁之椽多於機上之工女釘頭磷磷多於在庾之粟粒瓦縫參差多於周身之帛縷直欄橫檻多於九土之城郭管絃嘔啞多於市人之言語使天下之人不敢言而敢怒獨夫之心日益驕固戍卒叫函谷舉楚人一炬可憐焦土嗚呼滅六國者六國也非秦也族秦者秦也非天下也嗟夫使六國各愛其人則足以拒秦秦復愛六國之人則遞三世可至萬世而爲君誰得而族滅也秦人不暇自哀而後人哀之後人哀之而不鑑之亦使後人而復哀後人也

右杜牧之阿房宮賦

乙亥六月初六長洲章汝爽書於燈下
時年六十有九

六王畢四海一蜀山兀阿房出覆壓三百
餘里隔離天日驪山北構而西折直走咸
陽二川溶溶流入宮牆五步一樓十步
一閣廊腰縵迴簷牙高啄各抱地勢
鉤心鬬角盤盤焉囷囷焉蜂房水渦矗
不知其幾千萬落長橋臥波未雲何
龍複道行空不霽何虹高低冥迷不
知西東歌臺暖響春光融融舞殿冷
袖風雨淒淒一日之內一宮之間而氣候
不齊妃嬪媵嬙王子皇孫辭樓下殿輦

環滁皆山也其西南諸峯林壑尤美望
之蔚然而深秀者瑯琊也山行六七里漸
聞水聲潺潺而瀉出於兩峯之間者釀泉
也峯回路轉有亭翼然臨於泉上者醉翁
亭也作亭者誰山之僧智仙也名之者誰
太守自謂也太守與客來飲於此飲少輒
醉而年又最高故自號曰醉翁也醉翁之
意不在酒在乎山水之間也山水之樂得之心

小楷　杜牧《阿房宫赋》
3 × 29 cm　1995 年
小楷　欧阳修《醉翁亭记》
9.5 × 73.5 cm　1996 年

碑硯琢 世傳東坡題銘碑硯有二予見其一現藏蘇仲翔教授家 風
流後世傳題達渾寂寞漫堂真名士致仕林泉
樂墨池風礙中何期起湮沒　洗墨池
閒賦歸去來陽明竟忘歸問君何能爾對景嘗游
憩宦海有遷謫人間皆每歧乎居少攀附誰為[illegible]
實誼豈能無係心但求無愧戚扶持後來人亦自得
佳趣　忘歸巖
少小在京都每春出東門遊邀數十里荊榛掩[illegible]
怨罵至谿河落英繽紛潺潺東流水柳絲參差
美河畔僅一亭宛然若相迎共坐飲清酒此樂詢少
有亦曾來歲約偷乎已老朽　谿亭
歷下扁鵲山山南有鵲湖山色並湖光芙蕖自在香松
雪生花筆湖山圖畫裏西陂無事忙鵲華秋色堂
我對此圖詠歎然憶古賢君子慎居世乘時不自迷
得時則蟻行失時則鵲起陶然且忘機舉頭聞鵲音
鵲華秋色堂　趙松雪嘗作鵲華秋色圖故及之
我家希世珍烟江疊嶂圖過眼雲烟逝冰心在玉壺
此宋王晉卿寶繪當神品後此五百年又有石谷子
烟江疊嶂堂[illegible]手題輝光天球遺物[illegible]竟散
佚不見返平路難覓合浦還世事常如是即此抹
隋珠　烟江疊嶂堂
髫齡讀書處西陂墨遊存靜尋孔顏樂復見
天地心　時距一瞬又即此　飄飄數十載未能解琴音[illegible]
歲至吳下始得悟歸真滄浪亭下水身察受物波
濯纓與濯足休咎應自當宗師若有知當覺吾
[illegible]允　滄浪亭
甲子歲末　長洲章汝奭於海上晚晴室

天命 至岳陽樓記則謂不以物喜不以己悲始稱仁者之心東
坡赤壁乃喻人之一生有如水之東逝月之圓缺苟領此
義則得時蟻行失時鵲起善處順逆而無往不適至
出師陳情二表則教忠教孝諸葛一生忠藎足當與日
月同輝出師一文根極至誠溢於言表李密陳情辭官
而奉祖母至情至性古人嘗謂求忠臣於孝子之門良
有以也予每讀此二文未嘗不泫然涕下今雖已屆遲暮
之年觸目所及物華猶樓第初衷未泯故不揣進退秉
筆直書拳拳此心深望更張鑒之詩云無念爾祖
聿修厥德其是之謂乎
歲在癸未五月二十三日長洲章汝奭撰於海上得幾許
清氣之廬時年七十有七

行书　自撰《题六境图》

14.5 × 58.5 cm　1984 年

小楷　自作《十至文论》

24 × 69 cm　2003 年

宋犖字牧仲號漫堂又號西陂康熙間以任子入官累擢
江蘇巡撫在官持大體以清節著官至吏部尚書加太子
少師精鑒藏工繪事海通典籍練習掌故詩與王漁
洋將著有西陂類稿滄浪小志漫堂墨品綿津山人詩
集等致仕後徜徉於吳山越水間此六境圖詠卷蓋邀時
稱畫聖之王翬擬繪六境自係以詩用記其宦遊所歷
也和詩者如朱竹垞尤西堂梅耦長吳孟舉顧圃河書宣
馮山公王仲深均一時大家皆敦正風義之士故是卷在
當時已為名迹爾後三百年竟無人題識想見藏者必
不輕以示人乃不知自何時起竟分為二其一即此卷前
有竹垞隸書引首隨後有柳遇畫牧仲小照柳亦大家有仇
英第二之譽其後有牧仲為六境圖咏所書短引再後
有六境中之前二境即洗墨池恣歸豐敞圖咏二圖各高一尺
零五分長五尺二寸有奇前者為水墨畫一園林中有二人
對話高軒敞敞竹樹蔥鬱後者淺着色畫山巒雲霧
飛瀑流泉山徑行人坡陀平遠此二圖筆墨之佳位置經
營之妙實不多觀復後即吾家和作至民國二十年後
此卷歸醴泉大兄尊君桂生公之法自然齋餘四境圖
及漫堂自係詩另成一卷為龐萊臣所收載虛齋名
畫錄其時兩家皆為二卷後合互商議與未果旋
龐公物故四境圖詠遂不知流落何所矣或傳在台灣
不甚確否是卷亦幾經動亂至戊午歲始重歸顧氏
嘻世事滄桑此卷之遭竟若冥冥之中有以呵護者
甲子冬月醴泉大兄付予屬題當置蕭齋經月每一展

十望文論

十望文者司馬遷報任安書賈誼過秦論上諸葛亮
前出師表李密陳情表陶淵明歸去來兮辭杜牧阿房宮
賦柳宗元捕蛇者說范仲淹岳陽樓記及蘇軾前後赤
壁賦也予髫齡時由王君珮先生授經史後讀楚辭漢
賦再後選讀兩漢唐宋文上述十篇曾反覆研讀迄已
六十餘年除報任安書外多能背誦自謂此生歷經坎壈
蹭蹬而能不污行止者實有得於此用撰是文願吾之後人
能繼我志熟讀之而弗輟概而言之此十篇可歸之三類一曰
親親仁民二曰曉喻人生三曰教忠教孝愚以為讀書在於
明理若能解此三端當能立身行世而託於君子之林首論親
親仁民過秦者數秦之過也自孝公至始皇積六世之餘統
一天下後竟以民為敵焚書坑儒收天下之兵鑄金人十二以弱
萬民之口詎料種種愚民弱民適足以自愚自弱乃能不逞
三世蓋仁義不施遂攻守勢異阿房宮賦寥寥五百餘字
盡描述對比之能極寫暴秦之驕奢淫逸全無存恤之
心終至天怒人怨輝煌蓋世之阿房毀之一炬秦之覆亡有
如摧枯拉朽苟能愛民何至於斯至捕蛇者說則以小民歲
甘冒犯死者二而捕劇毒之蛇以抵悍吏旦旦有是之橫征
暴歛酷吏之虐甚於劇毒之蛇洵可歎也以上三文歸之
為親親仁民蓋愛民為立國之本未有捨本逐末而能期
事之有成次論曉喻人生善於處窮愚以為報任安書歸
去來兮辭岳陽樓記及赤壁二賦似可歸之是類世事多

即喜蟋蟀　後以事羈　輟飼凡四十餘年　庚午歲始重拾夙好　壬申起由張衡德氏主事　得王紅玲女史襄助　歲邀鬬蟲雅敘　然而不博彩　用保此一方淨土也　及鬬勝者不驕　敗亦坦然　甚有以勝蟲相贈者　既示雅量　更見性情　計之歲月已十年矣　今夏友人錢振峯張國輝湯兆基等倡議籌組蟲具展　旨在光紹民族文化　陶冶高尚情操　乃至回歸自然之趣　既應民俗樂事之需　亦展示園中祥和之象　儕輩聞之咸稱盛事　彼等復專程赴京　叩謁王世襄氏　乃承不棄　慨允題耑　茲值其成　屬予撰序　爰述覼縷　甚望能見知於同好云

公元二零零一年歲次辛巳白露前一日

長洲章　沈爽撰并書

楷书　自撰《首届虫具展序》
55 × 134 cm　2001 年

首屆蟲具展序

花鳥蟲魚 蟲而與花鳥魚并列 何自矜重也如此 謂蟲者何 促織蟈蟈金鈴子也 何名促織 以織女聞蟲聲而促其織也 是皆能鳴 惟促織俗稱蛐蛐者善鬥 故餘者不若蛐蛐之盛 自唐始 逢秋捕捉飼畜以賞鬥 蔚為民俗 故謂蟲事 主謂蛐蛐之種種 如捕捉辨識飼畜及賞鬥等節 蟲具 即與之相關之用具也 至宋賈似道 始以格物之知 撰促織經 自茲以降 著述代不乏人 八年前 京師王世襄老纂輯前人著述為蟋蟀譜集成 旋於滬上出版 誠屬總其大成者 據悉邇年滬上嗜蟋蟀者不下十數萬人 每值蟲季不啻佳節 何則 蟲有奮不顧身之忠 爭先搏敵

秋柳四首并序

昔江南王子感落葉以興悲，金城司馬攀長條而隕涕。僕本恨人，性多感慨，寄情楊柳
同小雅之僕夫，致託悲秋，望湘皋之遠者。偶成四什，以示同人，為我和之。丁酉秋日北渚亭書

秋來何處最銷魂，殘照西風白下門。他日差池春燕影，祇今憔悴晚煙痕。愁生陌上黃
驄曲，夢遠江南烏夜村。莫聽臨風三弄笛，玉關哀怨總難論。　娟娟涼露欲為
霜，萬縷千條拂玉塘。浦裏青荷中婦鏡，江干黃竹女兒箱。空憐板渚隋堤水，不見
琅琊大道王。若過洛陽風景地，含情重問永豐坊。　東風作絮糝春衣，太息蕭條
景物非。扶荔宮中花事盡，靈和殿裏昔人稀。相逢南雁皆愁侶，好語西烏莫夜飛。
往日風流問枚叔，梁園回首素心違。　桃根桃葉鎮相憐，眺盡平蕪欲化煙。秋色向人
猶旖旎，春閨曾與致纏綿。新愁帝子悲今日，舊事公孫憶往年。記否青門珠絡鼓，
松枝相映夕陽邊。

右王漁洋秋柳詩，允為絕唱，嘗謂異日擇題苦吟，不知能試為和作否，猶憶迄今二十二
年矣。乃前以事羈，後因病累，致未償夙願，今始得踐前言，雖未免效顰之譏，然以之抒得
胸臆，亦一快也。

秋來何事最銷魂，陣陣蛩鳴促越吟。細柳輕拂寒雀影，殘荷滴雨醉黃昏。偶
思故第斜陽下，夢遠燕都子玉盆。漫笑兒時太痴絕，祇今猶望世存真。蓄蛩乃予夙好，六
十餘年前在京都收得香色古燕趙子玉盆二十餘篇，故及之。
序交寒露漸及霜，岸柳枝
條欲見黃。蟲事正忙籌雅叙，燕懷無緒綴詞章。那堪戚戚雖歡笑，淺抱涓涓且
自嘗。人世百年真一夢，不須慷慨話滄桑。自壬申起由張衡德氏主事，王紅玲女史襄助，歲邀
飼家攜所飼衆會賞鬬，以向不博彩，故稱雅叙。
秋風蕭瑟促添衣，寒蛩推移意若飛。籬菊
何曾伴楊柳，雨鳥聲越夜驚啼。不妨吟詠銷餘歲，無復休咎作話題。且樂煙樯博
一醉，禪心得辯是耶非。　秋風秋雨苦相憐，衰柳依依不勝攣。迢遞鷗鳴驚曉
夢，幾回髭坐燈前。何傷失筆悲今日，未許偷閑學少年。如此凝禎堪笑止，高山
流水夕陽邊。

丙戌二月十九佛誕日作第一首，三月初三作後三首，是日即所謂蘭亭修禊日也
長洲章汝奭於海上得幾許清氣之廬，時年八十

小楷　自作《和王渔洋诗四首》
44 × 47 cm　2006 年
行书　寿
67 × 44 cm　2000 年

仁者壽 蓋仁者以宅心寬厚故得順所然而樂長生也 歲在庚辰二月初二日 長洲章汝奭於海上得幾許清氣之廬 年七十有四 時友人來含笑謂此字猶未老也

章汝奭年表

1927年　1岁

6月18日，民国十六年丁卯农历五月十九日生于北京高碑胡同。父亲章保世，字佩乙，1886年丙戌生，1898年戊戌苏州府长洲县童子试荣膺案首（第一名秀才），曾任北洋政府财政次长兼泉币司司长，有文名，富收藏。母亲桑纫玥。祖父章梅庭，曾任清廷太医。

1930年　4岁

迁至北京东城礼士胡同。

1931年　5岁

是年初，随母至上海住福煦路（现延安中路）康乐村11号。同年在威海卫路智仁勇小学附属幼稚园就读。

1932年　6岁

随母回北京住灯市口同福夹道2号。

1933年　7岁

是年秋进入育英小学二年级，小学毕业后直升初中，初中毕业后直升高中，直至1943年秋离开北京经上海转道四川就读。

1934年　8岁

自同福夹道迁至大佛寺。同福夹道原为前清王府，系西洋古典式大楼，有一百多间房屋，楼前有大花园，养马和狗，后花园有丁香林、荷花池、戏台等。是年冬，复自大佛寺迁至东总布胡同56号。

1935年　9岁

始由王君珮先生授经史子集，至1942年结束。《四书》先授《孟子》，后授《论语》、《中庸》、《大学》，后授《孝经》、《礼记》、《左传》，并选读《诗经》、《尚书》、《国语》、《国策》及两汉唐宋文。

是年冬，迁至北总布胡同14号。

1939年　13岁

首次应人书扇，父亲为此非常高兴，因为他也是十三岁始为人书扇。

迁居至什方院52号。

受父母亲的影响，从小喜欢京戏。父亲最喜欢余叔岩，母亲最喜欢程砚秋。当初余叔岩收孟小冬为弟子，父亲还出了力。母亲与孟小冬交往甚密，在章上初高中时，孟小冬几乎三天两头来章家，母亲学唱青衣，教师李凌风给说戏，并常在家吊嗓。后来李凌风因病不来了，就是孟小冬的琴师王瑞芝来家给母亲拉琴。孟小冬拜师后，1940年前后在北京东安市场吉祥戏院演出，章家天天有包厢。以此故，孟小冬的戏都曾听过、看过，而且很多唱段在其十四五岁时就会唱。

另爱好养蟋蟀，曾从旧书摊买到一本线装《促织经》，反复研读，颇有领会，所以常能买到佳虫，并曾到余叔岩家斗过蛐蛐，1942年因母病逝而辍饲。

1942年　16岁

春，母病逝于北京。

1943年　17岁

9月，考入四川成都金陵大学外文系。

学会打桥牌并玩得不错。那时金大四年级的学长们有桥牌队，常和燕京大学校队比赛（抗战时燕大迁至成都城内文庙），章常坐在边上静静观看，从此学会。

1944年　18岁

是年冬自外文系辍学，经考试进入战时运输管理局空运物资接转处任办事员。

1945年　19岁

晋升为科员，常驻机场担任运输卡车调配及与美军空运办公室的联络工作。

1946年　20岁

抗战胜利，申请遣散复员，经上海住半年回到北京故居。9月，考入河北平津区敌伪产业处理局文书科任英文文书。是年冬考取税务专门学校。

年底离开北京赴上海，忍痛舍弃苦心搜集的十二个清代赵子玉蟋蟀大墩罐，及其他各色赵子玉盆，如黑陶雕花便携罐及大斗盆等十多个。

1947年　21岁

1月，进入上海税务专门学校税乙二期就读。翌年2月毕业，经派海关考试成绩为全班第三名，旋被派至上海江海关稽查科任稽查员。

桥牌技艺大进，在税专甚至人家给起绰号“Bridge King”（桥王）。

1949年　23岁

5月27日，上海解放，被上海海关留用，任监管员。

6月，与陈文渊小姐在上海金门饭店举行结婚典礼。

1951年　25岁

4月，被选派进入国家海关总署第一期干部训练班，学习海关验关业

章先生16岁先慈故世之后留影 1942年

务。翌年1月结业，被评为学习模范。
8月，加入新民主主义青年团。

1952年　26岁

2月，派回上海海关，晋升为验货员。

1953年　27岁

1月，患开放性肺结核，几乎不治。妻子为其治病变卖所有值钱之物，半年后病灶钙化，痊愈上班，在海关从事进出口货物验放及出口船只结关工作。

1955年　29岁

5月，奉派带领三十位干部到上海食品进出口公司工作，报到后即被派至食品进出口公私联营业务组为公方代表。半年后调回公司任新商品开发小组组长。

1956年　30岁

冬，公司成立行情调研组，任组长。期间通过外刊资料研究，建议提高某些商品的出口售价，从而提高了外汇收入。当年春、冬两季均获公司特等奖。
在青年团任宣传委员，并担任公司哲学政治理论讲师，讲授辩证唯物主义和历史唯物主义。

1957年　31岁

冬，下放上海宝山县月浦镇泗塘大队劳动。时下放干部共约百人，参加五人领导小组工作。住贫农家，在当地创办农业中学任校长，设置文化课及农业知识课，并率先在当地建立了蘑菇棚，种植蘑菇，建立鸭棚养鸭，以副业增加农民收入。

1958年　32岁

1957、1958年，食品公司请来刘叔诒（刘天红）教京戏，章一听就知道他是余派（刘老师后来曾任江苏省京剧研究院主任），他前后教过他们好几出戏，章只学到三出，即《捉放曹》、《碰碑》及《桑园寄子》。因为经常吊嗓子，那时嗓音不但高吭而有韵味。1958年春节，大年初三在夏山楼主家由王锡璞操琴，章连唱此三出戏，得到夏山楼主的称赞。可惜，不久下放劳动挑担子，声带变厚，从此再也不能唱戏。

1959年　33岁

3月，受公司急召，独自一人回公司，组织成立合同管理小组，任组长，兼行情组组长，直属经理室领导，处理一年来因“大进大出”管理混乱而造成近二百笔欠交合同，进行逐笔梳理。其中两笔去骨鸡罐头欠交最为棘手。一笔是对LAMET TRADING公司，欠交40,000箱，另一笔是对S. DANIELS公司欠交20,000箱。为此专程去南京面见江苏省外贸局逄局长，对方表示即使将全江苏省的鸡都杀光也交不上这笔货，并指责上海公司是给国家抹黑……于是只得另行设法。期间经过夜以继日的艰苦工作，终于在10月份秋季广州交易会之前将绝大多数的悬案予以处理结案，其中对S. DANIELS公司的欠交以提供人力不可抗拒的自然灾害证书通过我驻英商参处以赔付对方600多英镑而得以解决。但LAMET公司的问题显然复杂得多，该公司执行董事Wallace甚至说他要亲自到产地考查实际供货可能。是年秋交会，以经理顾问身份赴广州。行前特意搜集并仔细研究了双方来往有关信件，思考出一些不能履约的理由，但双方甫一接触即谈崩。过了几天，这位执行董事一直不见踪影。此宗悬案不解决，我方十分被动。为了知道对方把此案挂起来的原因，章遂至大会合同组了解对方的业务活动情况，发现对方正在大量卖钢材给我国。于是去五金矿产总公司，希望五矿能利用进口的优势向对方施加压力，使对方能回过头来与上海食品公司解决问题，得到业务处长郑锐的接待和支持。郑处长当即请其于翌日早晨至谈判间，当面介绍给Wallace，Wallace说和章认识。郑处长告诉他如果你们和上海食品之间的悬案不解决，五矿就不再购买他们的钢铁。Wallace马上表示下午即来找章协商解决。下午见面之后，他问章想如何解决此事，章即提出无条件撤销合同。对方为了能售出其钢铁，只得同意。于是，连夜草拟合同撤销协议，并在这笔合约撤销之后，又以较有利的价格售出相当数量的商品，真是一个大胜利。下午谈判时，上海外贸局业务处处长王念祖坐在谈判间外等待消息，当得知此案顺利解决时，他热烈握住章的双手说：“你为国家立了一大功！”
又有一笔悬案是北京总公司在国外惹下的祸，即以承兑交单的付款方式放出的1,000吨咸干鱼货款近百万锡兰卢比。所有从事外贸的人都知道，承兑交单是对卖方收款最无保障的方式。这笔账追索多次，一年多没有收回货款。章偶然于阅读外国报刊时发现当时锡兰（即现今斯里兰卡）的教育部长和这家老板同姓，但不知是否究系一家，遂草拟一函，大意谓这笔货款久未清偿，想必是对方疏忽，然若再不清偿恐对某某先生仕途不利云云。谁知此函发出后半个多月，货款全额由电汇汇到。财务科知道此事前后经过，对其大加赞赏。

1961年　35岁

是年起至1963年因公司罐头组组长患病离职而代理罐头组组长职务，

章先生夫妇结婚纪念照片　1949 年

其时章已洞悉欧美超级市场蓬勃发展和其特定销售模式。经过反复思考，遂上书建议有策略地接受国外定牌以打开英国市场，这一建议旋即得到总经理的认可并得到外贸局长批准，其后很快销开，当年即做满配额，翌年配额翻番也顺利售出，且售价略有提升，直到“文革”之前销售一直顺畅。与此同时，有意识地带动我国梅林牌的销售，即在梅林牌销量达到三分之一的条件下接受定牌的订购，所有这一切都为我方工厂的技术改造和经营管理的改进创造了有利的条件。据了解，其率先采取接受买方定牌以使产品打进市场的策略比日本索尼电视机接受美国 ZENITH 定牌还要早一年。

1961年起，北京外贸学院及后来上海外贸学院的学生毕业前的实习及论文辅导工作一直由其负责任总辅导员。

1962 年　36 岁

其鉴于我国的销售合约条款只是要约，容易被对方钻空子，即草拟八条补充条款称作一般条款（General Terms and Conditions，中英文对照）寄给驻瑞士大使馆商参处征求意见，很快得到完全赞同的回应，瑞士商参处又郑重向外贸部推荐。后来所有上海外贸出口公司的合约都据此作了补充。

1964 年　38 岁

“四清”运动之后，外贸部对上海外贸系统1800名涉外干部进行一次业务及英语突击统测考试，结果荣膺第一名。当时上海外贸业余大学校长孙照南曾找其谈话，问何以能得到这样好的成绩。章回答说，他每天阅读英国出版的《大众商情》（PUBLIC LEDGER），不仅据此编制相关的价格指数，还看到经常刊载的贸易争议案件及仲裁判例。这样不仅有利于根据英美法系的理念解决一些悬案，也使我增进外贸实务知识的积累。几年中，他曾从《大众商情》中所载争议案例中搜集了较典型的判例近一百则，记在一本日记本中。

1966 年　40 岁

6 月 6 日，“文革”开始，公司第一张大字报就是“揪出资产阶级反动学术权威章汝奭，那本日记本也被抄走，并说“你就是靠它招摇撞骗”，后来这本日记竟无下落。

8 月 8 日，上海第一天抄家，其家即被抄。从那时起，批斗抄家竟无宁日。抄家时除抄走收藏的两本 19 世纪皮面包边原版《圣经》和一些旧字帖外，还抄出变卖旧物的收据几十张。造反派说：“你竟还在卖东西？”章辩解说“我不申请补助，难道不可以？”对方竟说“你还敢标榜自己！”此前，其曾作粗略估算，即其为国家增加外汇收入，减少损失统共总在 100 万英镑以上，而竟落得如此“罪名”，内心委屈，自不待言。

那时科组斗争会往往在晚上开，常常斗到凌晨二三时，却令其回家，翌日早上七时前到公司报到。从外滩走回家最快也需三刻钟，每次批斗后回到家时，其妻和老岳母都瞪着眼睛等他……其妻并再三叮嘱千万不可跳楼和跳黄浦江，只要留得命在，总能讲得清楚，就是这样坚持挺了过来。

1980年代落实政策时，两本《圣经》不但没有还，也不作说明，所“还”字帖，也都是些垃圾货。

1969 年　43 岁

秋天，批斗告一段落，每天站在走廊手持语录低头反省。忽然有一天造反派小头头将其叫至办公室说，有一批货2,000箱梅林橘子罐头目的港是利物浦，竟运往伦敦，在结汇时被银行发现而不能结汇，问其有无挽救办法。章为此大感纳闷，怎么这么多道关口，如储运科配船、码头上海关、商检等都没有发觉，竟在货物已经装运，船只已经起航，最后以海运提单、保险单等连同有关银行信用证拿到银行去结汇时才发现这一差错，真为之吃惊。章说：“你知道吗，这批货物一大半要泡在印度洋里了。”这是因为伦敦方面货到后只能进入对方海关关栈，而关栈是按小时计费的，再加人工、保险费、返程安排、运费等等。此时这个造反派头头瞠目结舌，只催其想法子。章问本月底之前有没有去利物浦的快船，查船期表后说有，又问仓库中有无同样一批货，说也有。章遂亲自草拟电报，试探对方。其电文是：考虑到你方伦敦方面的补货需要，特配供2,000箱梅林橘子罐头，电报接受，以便赶快装船。电报发出后，真是提心吊胆，第三天接到回电表示接受。章随即要求对方就该批装利物浦项下的信用证为装伦敦的一批货以电报增额。随即增额电报到，即持此电到银行为发往伦敦货结汇，并订好船只，在月底前将发利物浦的一批货运出。这样不仅挽回了损失，还增加售出两千箱货。章为此深自庆幸，而造反派头头却对他说：“你不要为这点成绩而翘尾巴。”

是年冬，先后在食品进出口公司新龙华活猪活禽发运站和上钢三厂薄板车间劳动。

在食品进出口公司工作计时十五年，除1966年至1969年底是在体力劳动中度过外，其余时间一直在努力工作。但也有忙里偷闲的时候，其中以打桥牌为一大业余活动，每天午休时打上三刻钟到一个小时，还组织起桥牌队，在上海外贸系统比赛中得过冠军。1967年1968年在靠边受批斗时还曾翻译过一本桥牌专著《罗马体系》（Roman System）。

小女儿插队芜湖乡下，章曾去她那里看过，住的是干打垒，但没有房顶，上面只盖了层塑料膜，真是不堪言状！这不禁使其想起杜诗《羌村》……五年后，她虽上调至当地的农机厂，但该厂经营不善，濒于破产，终年发不出工资，一直到1987年她夫妇带着儿子调到南京梅山工作，在这之前十分困苦。尽管她来自上海的重点中学，有文化、有能力、有工作热情，作风严谨正派，但在那个时代、那个环境竟然生计艰难。

1970年　44岁

1月6日，下放到南京梅山。当天特寒，大雪深一尺，住在竹搭的工棚里而胃病大发。当时的工作是挖排水沟，排放大水管。每天规定要挖两土方，体力距此要求相差甚远。

5月初，始被分配至后勤部食堂当炊事员，专管淘米烧饭，两个人负责，每餐800斤米，淘米，装碗上水，上笼站窗口，点饭票，洗碗，就是这些活，谁知竟干了整整九年多。

那时，一家五口分住五处。章在梅山，大女儿在崇明前进农场，二女儿到芜湖清水河插队，老岳母去淮南大舅处，妻一人在上海。

章先生题写的百年老店王家沙店招　2005年

1971年　45岁

春，妻自沪调来梅山，随即在运输部任厂医，但实在无法适应南京的气候，不到半年而心脏病发，在梅山医院住了四十多天，终于不得不回上海疗养。旋即大女儿自崇明农场调回上海工作，名义上为照看母亲的病，可是工作单位却是上海机床厂，离家非常远，要横跨六个区，早上六时出门，要到晚上七时多才能回到家中。尽管如此，章仍为之稍感放心。

在梅山，1971年1972年时和王为晓、曾钦琛、方守中等人一起，每周六晚在王为晓家打桥牌（8人赛，每次16副牌）。各个都有相当水平，但王为晓尤其突出，堪称大师级的人物，比起他来，章愿做他的学生。1972年，王为侍奉父亲终养而回到故乡烟台，他曾编著多部桥牌专著，现为烟台市桥牌协会主席，据说北京、上海有不少专业桥牌高手常向他请教。

1972年　46岁

春，牌友王为晓回山东烟台，虽然还有其他人邀约打桥牌，终觉兴味索然。其妻离开梅山时曾叮嘱：“你一人在外，空下来不妨写写字、看看书。”后来，她又扶病到朵云轩买了宣纸及笔墨寄去。于是开始利用所有业余时间读书写字。由于地方狭小，只能在方凳上铺一木板当桌子，自己坐在小矮凳上写小字，蝇头书就是在这种艰苦的条件下练出来的。

当年前后，有位市委机关的下放干部叫梅益声，才二十多岁，到宿舍来看章，章也早就听到有人说起过他“仗义执言”，梅在自我介绍之后说：“听说你字写得很好，我不懂，但我认识一位老干部，他不但精于鉴赏且爱收藏，你把你随便写的拿几张给我，让他看看。”过了几天，他又来看章，说这位老干部对其字给予很高的评价，章对此只是置之一笑。后来章在外贸学院任教后才知道这位老干部就是市委副书记王一平。

1973年　47岁

恰逢王羲之作《兰亭序》第二十七个花甲子，上年买得神龙《兰亭》旧拓本，于是在本年临写近二百通《兰亭》，同时还写了好几张《离骚》分送给友人。

是年冬，胃大出血，遵医嘱戒掉了烟。

1974年　48岁

参加所谓“法家”著作的注释，负责注释柳宗元的《贞符》。后来到上海会稿，结识了孙林全（现在是上海梅龙镇集团的总经理）等人。

1975年　49岁

6月，生日那天以旧纸写蝇头小楷杜甫《三吏》《三别》，写后不禁感叹嘘唏，良久不能自已。

1976年　50岁

1月，周恩来总理逝世，南京梅山工地指挥部决定举行悼念活动。时值隆冬，受命将八百多字的讣告写在高近四米、宽二米一块裱好白纸的大板上，竖起后要使站在十米远的人看得清清楚楚。章跪在板上悬肘书写四个小时一气呵成，写得凝重端严，大有唐楷气象。工地数万人轮番排队进行悼念，很多人询问这块讣告是谁写的，自此章的书法家称号，在梅山工地上几乎是众人皆知。

在南京走访林散之和高二适，个人以为林远不如高。

章先生在绍兴兰亭　1980年代

孙全林介绍白谦慎来拜访，欲向其学习书法。章当时即对他说："我写字只是一种个人爱好。孔夫子说'人之患在好为人师'，所以实在说来，我没有什么可以教你的，只是我以为要写好字首先要读书，读古文，解六书，总之我不相信缺乏文化修养的人能写好字。"

外孙女懿冰出生，生后十四天，章特地从梅山回沪休假一个月。之所以给她取这样一个名字是借两位古人的名字：一是张继字懿孙，冰是借李阳冰的冰字。这是希望她有文才如张继（也有继承之意思），善书如李阳冰。也许是有夙缘吧，此女从小得到章的特别钟爱，章也立意要把她培养成材，从小到大，从生活到教育都由他们老夫妇包了。从初中到高中，家长会历来都由章去开，她小学毕业成绩优异考上市三女中，到高中分文理科时，她忽然说想学画，章就带她去找一位品艺均高的老师，拜他为师，并终于以高分考入上海大学美术学院本科，环境艺术设计专业，四年后毕业并获得学士学位，旋即在一家美商建筑设计事务所工作。她工作的勤奋、敬业和乐于助人并善于与人合作的素质赢得所有同事的尊重喜爱。2001年，章以全部积蓄并向友人告贷资助她留学加拿大学习电脑多媒体艺术，经过四年的艰苦学习又以优异成绩毕业获得学位证书。四年中她经历了各种艰难困苦，章相信这将使她能从容应对今后的人生旅程。

1977年　51岁

即"四人帮"粉碎的第二年，北京荣宝斋举办书法展览，章寄去一幅大字，一幅小字，均被入选展出。

十一届三中全会使他看到了希望，章写信给中央，终于上海派员到梅山安排落实干部政策。

1978年　52岁

12月，奉调回上海工作，但具体工作尚待落实，只得在家静等。此时一位港商经友人介绍来找章，意欲聘请他为公司进出口部经理，暂定月薪5,000港元并预付20,000元人民币安家费，一切出境手续由他们操办等等，被其婉言谢绝。章表示：我生于斯、长于斯，并愿终老于斯，何况我想我要在哪里摔倒，要在哪里站起来。但是许多人对其拒绝受聘深表惋惜，但其却从不以为悔。

当时，上海外贸学院刚刚复校不久，王锺武负责外贸业务教学工作（后任系主任、副校长、校长），是和章相知已久的老同事、老朋友，对其极为倚重和信任。在其回沪不到一个月的时间，他先后四次前来看望，并劝请到外贸学院任教。

自1973年至1978年，章从四十七岁至五十二岁，几乎每天写字好几个小时，晚上则阅读古籍、唐宋文、诗词以及楚辞汉赋。

年底，离开梅山返沪。临行前，检点所临《兰亭序》达四百多通，后来只留下两纸，一张宣纸，一张皮纸，自以为颇得其神，而宣纸的一张尤精。可惜回到上海后，在向人展示时，被一个年轻人顺手拿走了。

1979年　53岁

3月中，到上海外贸学院报到。

5月初，走上讲台上课，讲授"外贸进出口实务"及"市场调研"两门课。

下半年，学校决定引进"营销学"，并决定在1981年春开课。章和黄燕从原著中筛选一些章节进行扫描复印作为教材，与此同时，开始着手这门新课的备课工作。经过两年精心准备，终于在1981年春季和北京外贸学院同时最早开出营销学课程。

秋，应友人之请，以小楷书写美国副总统蒙代尔在北京大学的演说词约六千多字，后美方派员持此册到北京通过周培源请邓小平题词，邓题写"愿中美人民时代友好"，此册现藏美国国会图书馆。

1980年　54岁

2月春节，突患胸腔肿瘤，来势凶猛，几个大医院的一些著名专家都说是恶性淋巴瘤，后其妻决定为其手术治疗至5月下旬开刀，手术顺利，却是良性畸胎瘤。这是其第二次大病，其妻有严重的心脏病，在将近半年的时间内一直陪他到各医院诊治。

6月至9月，在苏州疗养三个月，期间结识刘本裕，是一个好官，时

章先生与王一平同志共同观摩书画　1980年代

任外贸局党委副书记，负责清理“文革”冤案，可是他自己的冤案一直到他临终才得到平反，章为他写了挽联。

10月初返沪，旋即投入紧张的教学工作中。

是年冬写了第一通蝇头小楷《金刚经》，直到2004年冬大病前共写了一百多通。

1981年　55岁

四月，个人书法展在人民公园展览馆举办，为时十天。当时的市领导和高教系统以及中学的教师等不少人前来参观，给予很高的评价，都说：“一看就是读书人写的字。”复旦大学教授、历史学家周谷城为展览题字。八十四岁高龄的金石书画家朱复戡为展览撰写序言，华东师范大学历史系教授苏渊雷先生更满怀激情，挥笔为展览题诗：“黄庭恰好矜初写，长史连波发古妍。略尽环肥燕瘦意，蕉天墨雨证书禅。”

加入上海书法家协会，但不到八个月，终觉志趣不合而主动退出该会。

1981、1982、1983年都是上大课。由于营销学中促销一节，而广告是诸种促销手段之一，章从多本原版广告专著中遴选出美国路易斯·考夫曼的《广告学基础》一书进行编译，1984年在上海人民出版社出版，是其第一本专业译著。在以后的几年中，章与人合作翻译和编写了多本专案著作，较重要的有：由章主译的《合同谈判手册》和以章所译ABCD前四个字母条文为体例的《国际商务词典》，以及和黄燕合著的《国际营销学》等专著十多本。而较遗憾的是由上海译文出版社邀其独自翻译并自审的《广告媒体的有效运用》一书已经审阅印刷清样，竟因版权问题无法解决而未能出版，殊为可惜。在此期间，章还参与了由任林书（现为中国市场协会秘书长）牵头组织的全国市场学会，和由梅汝和牵头的华东市场学会，上海市场学会等。

这时期，还陆续发表了一些专业论文，例如《广告的责任规定与管理》一文，这本来是为第三世界广告大会所撰写，后来在1987年中国广告协会学术委员会成立大会上被指定为中心发言，并被选入《广告年鉴》。

1981年获讲师职称，加入农工民主党。

1983年　57岁

经报人金宝山介绍，认识陆俨少，遂成为终身知己。陆看到其蝇头书法说：“简直是鬼斧神工。”

1984年　58岁

始识王一平。一天，王请市委办公厅主任李庸夫由梅益声陪同到外贸学院来找章说：“一平同志想见见你。”后在元宵节前夕，王特别邀请章夫妇吃晚饭，并在饭后取出所藏八大山人画屏请其在画上题字。章说还是题在裱边上吧，但王老坚持要章题于画本身上，章只得答应。过了两天，章草拟好题识文字后，写信给他征求意见。王老旋即来电说文字极好，不须任何改动，并再三叮嘱要写在画本身即他此前所指定的位置上，写好后他非常满意并邀请孙大光（原地质部长，富收藏，后全部捐献国家）去看。在这之后，章又陆续为他所藏高翔《竹石》、李鱓《兰花》立帧、王雅宜《南华经》手卷、明无款双钩兰花卷作题，他都非常满意。某次，王到安徽绩溪公差，特为买了一锭“上好”的油烟墨送章。但章克制不住自己，直率地对他说：“王老，你何必花费那么多钱买这种东西，现在中国制墨业为迎合日本人的爱好，墨色灰暗而淡。”王老听罢，并没有因为其直率而不高兴，过了几天，他又来看章，并送上一锭道光旧油烟墨，一锭旧松烟，一锭朱墨。章郑重向他致谢，王老莞尔笑了。又令章深为敬佩的是，王老尽管酷爱书画，但到了晚年，即上世纪末（1998）他请上海博物馆派鉴定专家到他家审看全部收藏，凡认为有馆藏价值的悉数捐献给国家，并要求以后展出时不要写明是他的捐献，高风亮节，斑斑可见。

从1984年到1990年代，先后到浙江杭州、宁波，四川德阳，山东青岛、蓬莱，广东广州、深圳等地讲授广告学、营销学，并曾受聘为四川德阳市经济技术顾问。

《美术史论》季刊第二期刊登署名怀谷(白谦慎）的长篇文章《莫轻小技无关雅，肝胆为真息若丝——章汝奭和他的书法艺术》，全面评述章先生的书法造诣和艺术理念。

时《解放日报》记者许寅有专访浙江省委书记王芳的任务赴杭，持章所书蝇头小楷《前后赤壁赋》去看陆老，请他在那张拖尾纸上画赤壁图，越二日画成，此水墨山水特精。在许寅取画时，陆问许：“章近况如何，尚能作蝇头书否？”许答：“能。”陆说：“请你带个口信给他，如他肯给我写，我肯给他画，我过两天就去上海，希望他能打电话给我与我联系。”章得知后立即写了两张《赤壁赋》（都有二至三尺拖尾纸）去看他，见面后陆高兴地留下了其中一张，答应日内即给画好。当时章又取出一张旧纸请他为写个小手卷。陆说：“你真的喜欢我的字？”章答：“喜欢，你取法杨凝式和杨铁崖，气格高。”陆说：“上海一些人说我是画家的字。”章说：“有些人看惯了庸脂俗粉，你又何必计较。”那天陆俨少十分高兴，除留章共进午餐外，饭后还取出他平生最得意的《杜陵秋兴诗八景》大手卷和小行书手卷给章看，章为之叹赏不已（值得一提的是，尽管这几年陆画已倍受人们珍视，甚至百开《杜陵诗意册》售得数千万元的天价，但这个大手卷却始终没有露面）。陆曾感慨地说，现在能够这样投契地谈书论画的人实在太少了。不数日，他打电话给章，要章去取书画件。这幅《赤壁图》笔墨极佳，用色也很俏丽，题识文为：“汝奭我兄法书《赤壁赋》，安

章先生在佳士得拍卖上海预展上　1995 年

为续貂，惶愧惶愧。”而所写的字卷是他自作的《题雁荡》三则，字体倔伟，行笔潇洒，墨气凝重。

译文《法书的复本与伪迹》(译自美国学者傅申著《海外书迹研究》)发表于当年《书法研究》杂志第 4 期。

1985 年　59 岁

夏，受外经贸部派遣，赴荷兰参加联合国世界贸易中心的营销案例写作，其所撰写的案例除获得版权外，并被选为上台演示的最佳案例。

下半年起，在外贸学院第一个倡导用英语讲授专业课，当时虽遭到系内种种阻挠和反对，但其坚持这样做，结果受到学生好评。

二女儿在沪分娩，章喜得外孙，也因之增加了抚育第三代的负担，但其从来认为这是责无旁贷的义务。

1986 年　60 岁

春，借赴杭州开华东市场学会理事会之际，冒雨夜访陆俨少，并相谈至子夜，临别时章拿出所书蝇头《阿房宫赋》请他在拖尾纸上作阿房宫图。他说他向不作界画。章说只要写意就行。后来画好后以挂号信寄给章，此画极精，小中见大，杜诗有“咫尺应须论万里”，足可当之。

章曾和陆老偶尔谈及旧家的收藏，说起王晋卿《烟江叠嶂图》是乃父的旧藏，如今荡然无存。陆说：“哪天你写苏题长歌，我为你画。”是年冬，章以清代旧纸写了东坡《烟江叠嶂》长歌并附长跋记陆章两人交谊寄给他，并附上一张乾隆纸请他作画。次年正月，陆来信说，画已就，正愁邮寄不便，适王一平来访，就托他带沪，后王一平将画送到章家，对章说，此画极精，你好好收藏吧。陆老一生很少与人合作，据知，迄今为止只和章合作过上述几个手卷。

在陆章两人交往的这些年中，章曾送陆蝇头书《离骚》、《金刚经》和《天台赋》等，他收到《离骚》后曾特别来信语章曰：“字字珠玑，密如蚁点，而点画沉着，结体舒展，罗罗清楚，真神笔也。”除赠这些书作外，也曾为陆准备赴美画展而编写英文介绍资料，但不知何故后来竟未能在美展出。翌年，章撰写《谈陆俨少的诗、书、画》一文，先在《星岛日报》发表，后来又转载于香港的《收藏天地》。陆读后，感慨不已，曾对其长子陆京说：“这些年来介绍我的文章很多，独有这篇最好，在我身后，如为我出版书画精品集，要以这篇作序。”在陆故后两年多，陆京来找章，问是否同意以此文为序，章当即首肯并立撰一跋，后此画集由香港印刷出版。

是年初，晋升为副教授。

1987 年　61 岁

岁末，在一把黑面折扇上用钛白粉蝇头书写数十首唐诗赠送王一平，甚为赞赏。后来王老想了一会儿说：“这另一面也没有办法作画，我还有一包金粉，你拿去就用金粉给我写了吧”。后来，章为其写了《滕王阁序》，这面用金粉所书天地留得比较宽，布白很漂亮，王老看了之后说要配个红木盒子好好保存起来。兴奋之余，他说：“你坐一下，我去拿把扇子给你看。”原来是一把明代成扇，绢丝质地，完好如新，一面是明周东村画的海棠，一看就是真迹精品，另一面是沈子丞写的小楷，沈书典雅质拙，章以为这样的佳作系其多年来所仅见，遂对王老说：“看到这样的小楷，我自惭形秽。”王老说：“你也不必过谦，你们是各有千秋嘛！”随即问章认识沈老否，章答不认识。王老说：“我来为你介绍，他家离你住处很近，快到春节了，你可持我信去看他……”

1988 年　62 岁

正月初三，章持王老信去拜谒沈子丞老，时沈老已 85 岁，除有些失聪要借助于助听器外，其他全好，一谈之下，相见恨晚。

清明，沈老为章所藏陆俨少所画《烟江叠嶂》卷及《阿房宫图赋》卷书引首，并为其画《晚晴阁吟诗图》大横幅。

五月，章选录自己诗作成一手卷送给沈老，而沈老则为章之《楚辞》、《汉赋》小楷卷画屈子行吟及楚太子对吴客引首。沈之人物画不但十分精到，而且典雅古朴了无俗韵，当代罕有其匹。他看了章给他写的手卷后对其中《丁卯岁末感兴七律》特别喜欢，要其另写一个直幅给

章先生在个人书法展上　2004年

他。章应命写了送去。

1989年　63岁

是年菊月，沈老由弟子张倩华女士陪同来章家看章，章为沈老作三首律诗，并写成大横幅，刊载在香港《收藏天地》上。

1990年　64岁

晋升为正教授。前后带过四个研究生，都很好。第一个现在中央工作，第二个已移居加拿大，第三个潜心学术，现在留校任教，曾屡次获得先进教师称号。

是年起，任金马广告公司首席顾问。

1991年　65岁

春节，沈子丞为画《赤壁图》，同年秋又为画《秋山雨霁图》，并为其两个蝇头《金刚经》手卷画如来佛像。

5月，参加在北京图书馆举办的中国广告首届国际研讨会，用英文撰写发言稿《中国的广告环境和广告机会》，本人在会上用英文亲自演讲。讲演引起与会者的热烈欢迎，当天的大会执行主席，国际广告协会理事长诺曼·维尔更是给予高度评价。世界最大的广告公司美国扬·罗比坎公司负责人员培训的副总裁威廉·弗雷立等向其索取讲稿。诺曼·维尔并约其下午一起喝茶，他热烈地向章发出邀请，邀其参加国际广告协会，由他和该会的会籍部主任司考梯女士作介绍人，遂于当年十月加入国际广告协会，是中国分会的第一位学术会员。

诗词三首（《丁卯六月初九漫兴》、《丁卯端阳永州柳宗元纪念馆成立为赋长句》和《丙寅春，知友鲍韬屡函戒我节劳，作此答之》）收录于当年10月出版的《中国百家旧体诗词选》（杨金亭编，贵州人民出版社）。

1992年　66岁

春节期间，患病在家，沈子丞知道后，特遣其孙女来看望，并送其名作《青蛙图》。此后不久，沈老移居苏州。

陆俨少自深圳返沪住延安饭店，要章尽快去看他，有事相商。见面后知道他为筹办陆俨少艺术研究院一事有诸多烦恼，章除劝慰之外并应陆之请撰《陆俨少生平及其艺术》一文，此文后经陆审阅肯定，但在他故后因种种纠葛而未采用。

开始享受国务院特殊津贴。

结识张衡德（现为上海商会副会长）后重拾蟋蟀夙好，十多年间胜率较高。某次曾以九个蛐蛐出斗，竟大获全胜。这个由张衡德倡议创立的玩蟋蟀圈子，每年都有斗虫雅叙，向不博彩，“以留此一方净土也”。

1993年　66岁

重阳节，陆俨少逝世，章撰挽联悼念：“杖履重阳日，寻好山好水，何独竟尔登高去；梦回风雨夕，赏佳画佳书，曾经相与更论诗。”并在第三天撰写悼念文章《余生翰墨缘散记》，发表于《厦门日报》，一年以后，又撰《谈陆俨少的字》，在《人民日报》上刊出。

1994年　68岁

是年1月起至2004年12月，每月负责出一期《信息摘编》，没有一期脱漏。每期5,000到6,000字，内容全从国外期刊选译，共约60多万字，这份刊物甚得中央工商局的好评。

1995年　69岁

去秋今春，两次前往苏州看望沈子丞老先生。沈老对章的字评价甚高，认为其大字蕴藉凝重有晋唐人风范，小字则超越古人，说文徵明尚有俗气而章没有，还说章在生纸上以蝇头作《金刚经》洋洋数千言一字不苟，小字如大字洵为仅见。

沈子丞逝世，当天章撰写挽联悼念。

8月，撰《章汝奭自传》长文。

1996年　70岁

章先生书写的上海音乐厅名称　2004年

小楷亲笔手写并用宣纸精工影印的《晚晴阁诗文集》由上海书店出版。

1997年　71岁

翻译金马公司参加美国世界伙伴集团的英文资料，后来世界伙伴集团从非盈利组织改组成为股份制企业，其规章制度也由其翻译成中文。

1998年　72岁

自1983年至本年的十多年间，先后在《人民日报》、《厦门日报》、《解放日报》、《新民晚报》和《北京晚报》等报刊发表八十多首旧体诗词和几篇散文，并入选《中国百家旧体诗词选》（北京诗刊社所选）。

为纪念沈子丞逝世三周年，撰写《他留下一个清字》一文，刊登于《人民日报》海外版。

入选香港文化艺术研究中心及香港中国国际交流出版社出版的《世界名人录》中文版。

9月，《人民日报》海外版刊载金宝山撰写的《留得春风唤秋雨——记陆俨少与章汝奭的翰墨情》一文，叙述俩人真挚感人的艺术交往。

1999年　73岁

9月，撰写《浅谈旧体诗词的赏析和创作》一文。

入选美国Gibraltar Publishing House出版的《世界专家名人录》（《International Who's Who of Professionals　1999 Edition》）。

2000年　74岁

三月，撰写《谈谈书画题识》一文，刊载于《上海中国画院通讯》第7期。

2001年　75岁

上海工美商厦举办首届虫具展，同时举办斗蟋蟀比赛。为该展撰写序言，并副录一份寄北京王世襄老，得到大为赞赏并亲笔复信。此次比赛，章荣膺冠军。

弘久画廊暨文华里会所为其举办诗作书作展。

2002年　76岁

12月，撰写《我与王一平的一段翰墨缘》一文，后刊载于《厦门日报》（2003年4月27日）。

2003年　77岁

6月，以古汉语写《十至文论》一文，可谓其一生的小结。值得一提的一个细节是，章持此文投稿，结果报社派编辑对其专访，后来刊出一篇特写。当时章向采访者言明，刊登之前必须由其审校过，但编辑却说“来不及了，版面难得”。结果刊出后，章看到其中有不少错误，有些地方夸大得使他吃惊，为此老大不快，耿耿于怀。但也没有办法，徒唤奈何。以其接触的报章看来，只有过去的《厦门日报》，其副刊的责任编辑工作十分负责，十几年来从无错误。现在这位编辑也已退休，并与章成为好友。

入选美国Marquis出版的《世界名人录》即《Marquis International Who's Who In The World》。

为上海音乐厅改建题写名称。

2004年　78岁

自1990年代初到是年底，先后接受上海市三女中及上师大附中校长张正之的邀请，以双语教学方式为高中学生讲授《国际营销学》选修课，直到病倒为止。

12月下旬到翌年7月，因突发心脏病前后三次住进上海第六人民医院，经过三次抢救，终于在翌年6月成功进行心脏大手术，真可谓九死一生。章为此十分感激六院的医生和护理人员。而在这几次危急抢救之中，其妻率领着两个女儿、外孙，举措恰当及时，并决定让他接受手术治疗都是他获救的决定因素。

文章《跋吴下寻秋图》、《临池心解》分别刊载于当年《书法》杂志第6期和第9期。

2005年　79岁

在妻子和女儿的悉心照料下，很快康复痊愈，而且又能写字和写作了。

为王家沙老店改造题写招牌。

2006年　80岁

4月，作《和王渔洋秋柳诗四首并序》云：

王渔洋《秋柳诗》允为绝唱，尝谓异日掉头苦吟，不知能试为和作否，获读迄今二十二年矣。乃前以事羁，后因病累，致未偿夙愿。今始得践前言，虽未免效颦之讥，然以之抒得胸臆亦一快也。

秋来何事最销魂，阵阵蛩鸣促越吟。细柳轻拂寒雀影，残荷滴雨醉黄昏。偶思故地斜阳下，梦远燕都子玉盆。漫笑儿时太痴绝，只今犹望世存真。（蓄蛩乃予夙好，六十余年前在京都收得各色古燕赵子玉盆二十余个，故及之。）

序交寒露渐及霜，岸柳枝条欲见黄。虫事正忙筹雅叙，芜怀无绪缀词章。那堪戚戚堆欢笑，浅把涓涓且自尝。人世百年直一梦，不须慷慨话沧桑。（自壬申起由张衡德氏主事、王红玲女史襄助，岁邀饲家携所饲聚会赏斗，以向不博彩故称雅叙。）

秋风萧瑟促添衣，寒暑推移竟若飞。篱菊何曾伴杨柳，西乌声越夜莺啼。不妨吟咏销余岁，无复休咎作话题。且乐倾榼博一醉，禅心得辨是耶非。

秋风秋雨若相怜，衰柳依依不胜攀。迢递鸥鸣惊晓梦，几回起坐短灯前。何伤失笔悲今日，未许偷闲学少年。如此痴顽堪笑止，高山流水夕阳边。

丙戌二月十九佛诞日作第一首，三月初三作后三首，是日即所谓兰亭修禊日也。

后 记

为章汝奭先生编辑一本书作集是我和其他朋友们的多年心愿。从去年秋天开始准备到今天付梓，前后将近一年时间又转瞬即逝，不觉令人感慨光阴之宝贵。

本集共收录章先生历年创作的书作近五十件，基本反映先生三十年来书学耕耘的面貌。只是由于篇幅限制以及印刷版式的局限，先生有许多异常精美的蝇头书迹，如手卷、册页等无法在这里一一呈现。即便收录其中的一些小字书作，一来由于整体缩小，再加上摄影制版过程中的多次数码转换，与原作相比其特有的微妙神韵也已经损失不少，这不能不说是一种遗憾。其实，在真正的鉴赏家看来，中国书画的原作和复制之间永远存在着一条无法弥合的鸿沟，当年台北故宫博物院委托日本二玄社不惜工本按照原大复制的一批宋元明清书画名迹，虽然逼肖原作，但毕竟下真迹一等，此次编辑制作章先生的书作集子尤其让我有这样的感触。

许多人为这本画册的出版付出各种形式的无私帮助。白谦慎先生最先寄赐文章，并多次从美国打长途询问编辑进展。佳士得的章晖小姐于百忙中校阅文稿。至若潘瑞荣、杨铮、王丹、王海滨、邵琦、王彬、伍劲、耀艺诸君，乃风雅之士，俱皆目光犀利、鉴赏有道，时相切磋，于我启发良多。另外，数码摄影师熊洋小姐、陈震华先生为书中作品的拍摄不辞劳苦，严红艳女士为印刷此书的诸多技术问题多方奔走，这里我谨向他们表示由衷的感谢。

最后，我必须感谢上海书画出版社副主编汤哲明和责任编辑黄剑，没有他们的鼎力支持，这本画册的顺利出版真是难以想象的。

石建邦

图书在版编目（CIP）数据

章汝奭书作集／石建邦编. —上海：上海书画出版社，2006.11
ISBN 7-80725-388-6

I.章… II.石… III.汉字-书法-作品集-中国-现代 IV.J292.28

中国版本图书馆 CIP 数据核字(2006)第 122957 号

责任编辑 黄 剑
技术编辑 钱勤毅
责任校对 倪 凡
图片摄影 熊 洋
陈震华
扉页摄影 石建邦

章汝奭书作集 石建邦 编

上海书画出版社出版发行
地址：上海市延安西路 593 号
邮编：200050
网址：www.duoyunxuan-sh.com
E-mail：shcpph@online.sh.cn
上海界龙艺术印刷有限公司印刷
各地新华书店经销
开本：889 × 1194 1/16
印张：6.25 印数：1-1500 册
2006 年 11 月第 1 版 2006 年 11 月第 1 次印刷

ISBN 7-80725-388-6/J · 371
定价：50.00 元